Lucy Ellis

Placer peligroso

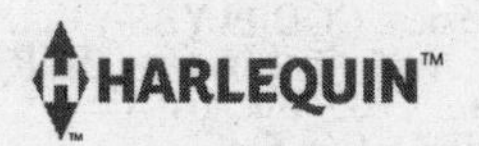

Editado por HARLEQUIN IBÉRICA, S.A.
Núñez de Balboa, 56
28001 Madrid

Placer peligroso, n.º 2304 - 23.4.14
Título original: A Dangerous Solace
Publicada originalmente por Mills & Boon®, Ltd., Londres.

I.S.B.N.: 978-84-687-4172-7
Depósito legal: M-2165-2014
Editor responsable: Luis Pugni
Fotomecánica: M.T. Color & Diseño, S.L. Las Rozas (Madrid)
Impresión en Black print CPI (Barcelona)
Fecha impresion para Argentina: 20.10.14
Distribuidor exclusivo para España: LOGISTA
Distribuidor para México: CODIPLYRSA
Distribuidores para Argentina: interior, BERTRAN, S.A.C. Vélez Sársfield, 1950. Cap. Fed./ Buenos Aires y Gran Buenos Aires, VACCARO SÁNCHEZ y Cía, S.A.

Capítulo 1

GIANLUCA Benedetti examinó aquel traje sin forma y después miró a la mujer que lo llevaba puesto. Sin el sombrero de ala ancha y con el pelo suelto tal vez hubiera tenido cierto potencial. Había materia prima. Era alta, tenía unas piernas bonitas y había un entusiasmo en ella que parecía querer esconder.

Se fijó en sus zapatos. No encajaban con la imagen que daba. Eran unos zapatos de tacón bajo muy elegantes, descubiertos en la parte de atrás y sujetos con una tira de cuero rojo. Un complicado nudo de flores rojas de seda le tapaba los dedos de los pies. Era un calzado femenino y exquisito. La mujer que los llevaba, en cambio, no era ninguna de esas cosas.

–¡Devuélvame mi dinero!

Su voz era clara, afilada. Estaba muy enfadada. Por su acento Gianluca sabía que era australiana.

El hombre le estaba dando evasivas. En la concurrida calle comercial, la gente empezaba a mirarla al pasar por su lado. Estaba delante del quiosco; una bomba de relojería a punto de estallar.

El pie que temblaba de pura indecisión sobre el pavimento dio un golpe en el suelo de repente.

–No me voy a ninguna parte hasta que me devuelvan el dinero. Avisé a la empresa con cuarenta y ocho horas de antelación. En la página web dice claramente que se devuelve el dinero si se avisa con veinticuatro horas de antelación.

Gianluca cerró el estado de los mercados europeos, se guardó el teléfono y se alejó de la puerta de su cafetería favorita de Roma.

Su abuela siciliana le había enseñado que siempre debía ser amable con las mujeres.

–*Signora,* ¿puedo ayudarla en algo?

Ella ni siquiera se molestó en darse la vuelta.

–No soy *signora.* Soy *signorina.* Y no. No puede ayudarme. Soy perfectamente capaz de ayudarme a mí misma. Ya puede buscar a otra turista idiota a la que ofrecer sus servicios.

Gianluca se acercó más. Llevaba una fragancia muy sutil, floral, algo demasiado femenino para una mujer tan agresiva.

–¿Mis servicios?

–Gigoló. *Escort*. Acompañante de mujeres. Váyase. No quiero.

Gianluca se quedó inmóvil. ¿Le había tomado por un gigoló?

La miró de arriba abajo. Ni siquiera se había dado la vuelta para mirarlo. El sentido común le decía que debía encogerse de hombros sin más y seguir su camino.

–Bueno, *signorina...* A lo mejor debería recordar lo que es ser mujer.

–¿Disculpe?

Se dio la vuelta por fin y ladeó un poco la cabeza para mirarlo. A Gianluca se le borraron todos los prejuicios nada más ver su rostro.

Esa ropa informe, su tono de voz... La había tomado por alguien mayor, sin atractivo... Pero tenía una piel de porcelana, unos pómulos exquisitos y los labios más irresistibles que había visto jamás. ¿Por qué llevaba esas gafas de pasta blanca tan horribles?

–¡Eres tú!

Gianluca arqueó una ceja.

–¿Nos conocemos?

Le había ocurrido alguna vez a lo largo de los años. Su pasado como jugador de fútbol le había proporcionado cierta fama más allá de los circuitos habituales de la alta sociedad de Roma.

La joven cascarrabias dio un paso atrás.

–No –dijo rápidamente.

Gianluca se dio cuenta de que miraba a su alrededor como si quisiera escapar. Un músculo palpitaba en la base de su garganta. De repente emitió un sonido de auténtico pánico.

Cuando la miró a los ojos, algo ocurrió entre ellos. Una descarga de pura sexualidad les recorrió por dentro. Dio un paso hacia delante, pero ella permaneció quieta. Levantó la barbilla y abrió los ojos, como si esperara algo, algo de él, algo que no era capaz de identificar.

Gianluca supo que era el momento de poner fin a todo aquello. ¿Cómo se le había ocurrido pararse en mitad de la calle para ayudar a una desconocida furiosa? Tenía una reunión a la que asistir al otro lado de la ciudad. Hizo lo que tendría que haber hecho cinco minutos antes, al salir de la cafetería.

–Bueno, que disfrute de su estancia en Roma, *signorina*.

Avanzó unos metros, pero entonces se dio la vuelta. Ella seguía allí, envuelta en esa horrorosa chaqueta, con esos pantalones tan poco favorecedores... Y sin embargo...

Gianluca se estaba fijando en otras cosas, en su nariz, ligeramente enrojecida, en la expresión agitada de su rostro. Había estado llorando.

Algo vibró en su interior. Un recuerdo.

Él no era de los que se dejaban conmover por el

llanto de una mujer. Esa era la mejor herramienta de manipulación del sexo femenino. Había aprendido muy bien la lección con su madre y sus hermanas. Sin embargo, en vez de alejarse por fin, fue hacia el quiosco y leyó el letrero. Se trataba de Fenice Tours, una filial de la agencia de viajes con la que Benedetti International hacía negocios. Sacó el teléfono móvil, tecleó el número y le dijo al empleado del quiosco que tenía sesenta segundos para devolverle el dinero del billete a la turista si no quería que le cerraran el negocio. Tras haber dado unas cuantas instrucciones, le entregó el teléfono. El quiosquero lo aceptó con una mirada escéptica, pero su expresión no tardó en cambiar. Al otro lado de la línea, la voz furiosa del jefe era como el zumbido de un molesto moscardón.

–*Mi scusi, principe.* Fue un malentendido –dijo el empleado, tartamudeando.

Gianluca se encogió de hombros.

–Discúlpese con la señorita, no conmigo.

–Sí, sí. *Scusa tanto, signora.*

Apretando los dientes, la joven aceptó el dinero. Sorprendentemente, ni siquiera se molestó en contarlo. Se lo guardó todo en el bolso sin decir ni una palabra.

–*Grazie* –dijo, como si le arrancaran las palabras.

No había motivo para quedarse más tiempo. Gianluca estaba junto a la acera, abriendo la puerta de su lujoso deportivo, pero algo le hizo mirar atrás.

Ella le había seguido y le observaba con atención. Su expresión casi era cómica. Se debatía entre la curiosidad, el resentimiento y algo más...Y fue esa emoción inidentificable lo que le impidió subir al vehículo.

–Disculpe –su voz sonaba rígida–. Siento curiosidad.

Gianluca podía sentir su mirada. Escudriñaba su rostro como si buscara algo.

–¿Hubiera podido cerrar el negocio de verdad? –levantó un poco la barbilla. Un hoyuelo apareció en su mejilla.

La mecha de la sospecha se encendió de repente. ¿Dónde había visto ese gesto antes?

Gianluca esbozó una sonrisa tensa, una que no le llegaba a los ojos.

–*Signorina,* estamos en Roma. Yo soy un Benedetti. Todo es posible –dijo y subió al coche.

¿Qué era lo que había visto en su rostro? No era sorpresa, ni respeto, sino ira.

Aunque la razón le dijera otra cosa, Gianluca giró el volante y dio media vuelta.

Capítulo 2

AVA seguía junto a la acera cuando el flamante deportivo se perdió entre el tráfico. La conmoción reverberaba por todo su cuerpo.

Benedetti.

Se suponía que las cosas no tenían que ser así. Eso era lo único en lo que podía pensar.

Ya le había ocurrido algunas veces a lo largo de los años, pero siempre había sido una falsa alarma. Eran momentos en los que una voz profunda y un acento italiano la invitaban a darse la vuelta. Sus sentidos se agudizaban, pero la realidad siempre se imponía. Y estaba claro que la realidad acababa de darle una bofetada. Todo cayó sobre ella como una avalancha de nieve, el recuerdo de esa muñeca bronceada, sobre el contacto de una rugiente Ducati, sus brazos alrededor de aquella cintura musculosa, dos jóvenes que escapaban de una boda en la que no tenían interés alguno, aquella noche de verano, siete años antes...

Se recordaba a sí misma, al día siguiente, a primera hora de la mañana, tumbaba sobre la hierba del monte Palatino, con el vestido arrugado alrededor de la cintura. Él estaba sobre ella. El peso de su cuerpo duro y musculoso era algo que jamás había podido olvidar. Y habían repetido una hora más tarde, en una cama que había pertenecido a un rey, en un palacio de cuento de hadas, una y otra vez, hasta el amanecer. Jamás había olvidado aquel día, sus halagos, sus caricias... A media mañana, bajo el resplandor de un sol brillante, se había escabullido del palacio, como Cenicienta, sin que nadie la viera. Y también se había dejado los zapatos.

Descalza, con su vaporoso vestido azul subido hasta las rodillas, había echado a correr. Tenía el cuerpo dolorido. Estaba feliz y triste al mismo tiempo. En algún momento había parado un taxi y se había alejado de allí como alma que lleva el diablo, sabiendo que aquello no iba a volver a pasar. Había sido un momento único, fuera del tiempo y del espacio.

Al día siguiente había regresado a Sídney, dando por hecho que jamás volvería a verle.

Ava se alejó de la acera. Esos recuerdos de adolescencia no iban a arruinarle el plan. Hasta ese momento lo había manejado todo muy bien, demasiado bien, tal vez. ¿No se suponía que debía tener el corazón roto? Todas las mujeres lo habrían tenido en un momento como ese. Su novio de toda la vida la había dejado justo cuando esperaba una propuesta de matrimonio, y había ido a buscarle a una ciudad extranjera. Lo que le había pasado era suficiente para poner a prueba los nervios de cualquier mujer, pero ella estaba hecha de otra pasta.

Y era precisamente por eso que iba de camino hacia las escaleras de la Plaza de España, para unirse a una visita turística por emplazamientos de relevancia literaria.

Ava se bajó el sombrero hasta taparse bien la cabeza. Definitivamente no iba a dejar que esa aparición del pasado se interpusiera en su camino.

¿Qué importancia tenía que tuviera el vestido guardado en un rincón del armario? ¿Qué importancia tenía que estuviera en Roma? Era una ciudad como otra cualquiera.

Lo tenía todo bajo control. ¿Qué era lo que buscaba? Consultó el mapa. La *Piazza di Spagna*.

Ignorando los latidos desbocados de su corazón, siguió adelante. No iba a buscar la dirección del Palazzo Benedetti en la guía. Podía fingir que la idea no se le había pasado por la cabeza. Tenía que recoger ese coche de alquiler al día siguiente y dirigirse al norte lo antes posible.

Miró a su alrededor, confundida. Había entrado en una plaza que no reconocía. ¿Dónde estaba?

–Estás loco –murmuró Gianluca entre dientes.

Estaba parado en un extremo de la pequeña plaza. La había seguido. Había cambiado de sentido lo antes posible y había ido tras esos zapatos rojos. ¿Pero qué estaba haciendo? Gianluca Benedetti no perseguía a las mujeres, y mucho menos a esa clase de mujer que llevaba pantalones de hombre y una blusa de seda abotonada hasta la barbilla. No era su tipo y, sin embargo, allí estaba. Podía verla, andando de un lado a otro sobre los adoquines. Tenía algo entre las manos. Parecía un mapa, por la manera en que lo sujetaba.

De repente le sonó el teléfono.

–¿Dónde estás? –le preguntó Gemma. Sonaba ligeramente exasperada.

«Persigo a una turista».

–Estoy en un atasco.

Miró el reloj. Llegaba muy tarde. ¿Qué estaba haciendo allí?

–¿Qué les digo a los clientes?

–Que esperen un poco. Voy de camino.

Se guardó el móvil y tomó una decisión. Mientras cruzaba la plaza, se preguntaba qué estaba a punto de hacer. Ella caminaba hacia atrás. Trataba de averiguar el nombre de la plaza leyéndolo en la placa que estaba en la pared. Podría haberle dicho que no se molestara. Era el nombre del edificio.

Tropezó con él.

–Oh, lo siento –dijo con educación, dándose la vuelta.

Sus miradas se encontraron. Durante una fracción de segundo, Gianluca se preguntó si llevaba lentillas de color, pero el resto de su atuendo le hizo descartar la idea. El color de sus ojos era natural, verde como el mar, uno de esos colores que cambiaba con la luz. Esos ojos, esos labios, un cuerpo suave y delicioso que le había sido arrebatado cuando más lo necesitaba... El resto de sus facciones se dibujó de repente alrededor de esos ojos inusuales.

–¡Tú!

La joven retrocedió, horrorizada. Lo agarró del brazo, como para no dejarle ir.

La última vez que la había visto prácticamente había escapado de su cama. Era tal la prisa que había tenido que se había dejado los zapatos. Un resentimiento inesperado rebotó como una bala perdida por todo el cuerpo de Gianluca. ¿Qué estaba haciendo en Roma? ¿Qué estaba haciendo en su vida de nuevo? Entrecerró los párpados y le clavó la mirada.

–¿Me estás siguiendo? –le preguntó ella en un tono acusador.

–Sí. Parece que está perdida, *signorina* –le dijo, mirándola de arriba abajo–. Y como ya nos conocemos bien...

Su expresión de terror no hacía más que aumentar. Gianluca sintió una gran satisfacción.

–Déjame ayudarte un poco más –añadió, tuteándola.

Ella alzó la barbilla y se puso erguida.

–¿Te dedicas a esto? ¿A seguir a mujeres por la ciudad, obligándolas a aceptar tu ayuda?

–Parece que tú eres la excepción que confirma la regla. Normalmente dejo que se las arreglen solas.

–¿A ti te parece que no soy capaz de arreglármelas yo solita?

–No. Me parece que estás perdida.

Ella frunció los labios y miró el mapa. No sabía qué hacer. La indecisión estaba escrita en su rostro.

Gianluca sabía que cualquier hombre sensato se hubiera alejado en ese momento. Sabía exactamente quién era ella. Siete años antes se había hecho muchas ilusiones románticas con ella, pero todas se habían desvanecido a la luz del día. Además, había cambiado mucho. No era una mujer a la que mereciera la pena mirar dos veces.

Pero allí estaba él de todos modos, y era incapaz de dejar de mirarla.

–Ya es demasiado tarde –murmuró ella–. Me he perdido el comienzo de la visita –añadió, como si fuera culpa suya.

Gianluca esperó.

–Se suponía que nos íbamos a reunir en las escaleras de la Plaza de España –añadió ella con reticencia.

–Ya veo –Gianluca decidió ir al grano–. Eso está por aquí –dijo, señalando–. Gira a la izquierda y después a la derecha.

Ava trataba de seguir sus instrucciones y no tenía más remedio que mirarlo. Se puso esas horribles gafas de sol, aunque el cielo estaba nublado.

Sintiéndose más segura detrás de las lentes oscuras, levantó el rostro con un gesto desafiante.

–Supongo que debería darte las gracias.

–No hace falta.

Aunque sabía que lo que estaba a punto de hacer le acarrearía innumerables complicaciones, Gianluca se sacó una tarjeta de la chaqueta, le agarró una mano y se la puso sobre la palma.

Ella se soltó con brusquedad y le clavó la mirada.

–Si cambias de idea respecto a lo de darme las gracias, estaré en Rico's Bar esta noche alrededor de las once. Es una fiesta privada, pero dejaré tu nombre en la puerta. Que disfrutes de la visita.

–Ni siquiera sabes mi nombre –le gritó ella cuando ya se marchaba.

Gianluca sintió un nudo en el estómago. Si lo hubiera sabido siete años antes, aquel día singular habría caído en el olvido. Otra chica más, otra noche más. Pero no había sido una noche más.

Aquel día estaba grabado con fuego en su mente, en su memoria, y la mujer que tenía delante era el mayor de sus recuerdos. Apretó los puños.

La miró con desdén.

–¿Qué te parece *Strawberries*? –le dijo.

Ella se bajó las gafas de sol y lo miró por encima de ellas. Podía ser una oponente formidable. De eso no había duda.

Gianluca subió al coche y arrancó. Sus nudillos estaban más blancos que nunca sobre el volante, pero eso no demostraba nada.

Capítulo 3

AVA se obligó a bloquear todos los pensamientos y siguió sus instrucciones. Era la primera vez que veía las escaleras de la Plaza de España en siete años. A pesar de la multitud, logró encontrar a su grupo y se sumó a ellos.

Él la había seguido.

«Sí, pero le gustan las mujeres. Ese es su modus operandi. Ve a una chica. Y toma lo que quiere... Te ha visto a ti. Te quiere a ti».

Ava trató de concentrarse en lo que decía el guía acerca de la muerte de Keats, pero solo podía pensar en ese local al que la había invitado. Se moría por ir, para volver a verle de nuevo.

Cerró los ojos y tomó una decisión. Ella no era de las que se acostaban con cualquiera, pero los tipos como Benedetti no querían más que aventuras, una noche, unas pocas horas, pura diversión para él.

«Te gustó. Te vio. Te desea».

No tenía ningún motivo para exponerse y salir herida.

«No es que tengas nada que perder. Eres una mujer soltera y estás en Roma».

Durante una fracción de segundo su fuerza de voluntad se resquebrajó. Más allá de la multitud y del ruido del tráfico estaba la ciudad propiamente dicha, grabada en su mente gracias a innumerables películas de Hollywood como *Bella Italia*, donde a las chicas les pasaban cosas maravillosas si tiraban monedas a una fuente. Y a veces esas cosas sí pasaban, pero ella había leído mal las señales.

Siempre lo hacía mal. Pero no estaba dispuesta a cometer el mismo error otra vez.

Las emociones se desbordaron inesperadamente, bloqueándole la garganta. Le costaba respirar. Había vuelto a llorar esa mañana, y ella nunca lloraba. Ni siquiera lo había hecho con la llamada de Bernard, tres días antes. Estaba en el aeropuerto de Sídney y su vuelo salía una hora después. La había llamado antes de partir para decirle que no iría a Roma.

Había encontrado a otra chica y con ella sí tenía la pasión que nunca había sentido a su lado. Eso le había dicho.

Había sido un golpe bajo, impropio de Bernard. Nunca se había mostrado muy atento a sus sentimientos, pero hasta ese momento Ava había creído que ambos compartían el peso de la culpa por el sexo insulso que tenían.

Se había equivocado, no obstante. Al parecer, toda la culpa era de ella.

–¿Pasión? –le había gritado por el teléfono–. Podríamos haber tenido pasión. ¡En Roma!

Llevaba dos días en Roma. Había pasado dos noches encerrada en el hotel, haciendo uso del servicio de habitaciones y enganchándose a una telenovela italiana. Sin embargo, poco a poco una idea empezaba a tomar forma. Había escogido Roma por motivos que nada tenían que ver con Bernard. Sospechaba que había una añoranza en su interior. Anhelaba una vida distinta, romántica. Pero era inútil. Eso solo existía en las películas, no en la vida real, y mucho menos en la suya. Esa lección la había aprendido pronto en la vida, con la ruptura del matrimonio de sus padres. Su madre, enferma mental y pensionista, les había sacado adelante haciendo un gran esfuerzo.

Ava había aprendido entonces que una mujer solo podía sobrevivir siendo económicamente independiente. Y había trabajado duro para lograr sus objetivos. Sin embargo, su vida social se había quedado en el camino y había terminado cometiendo dos errores estúpidos. El primero de ellos había tenido lugar siete años antes, y el segundo había sido convencerse a sí misma para casarse con un hombre al que no amaba. Bernard no era el hombre adecuado para ella, pero tampoco lo era un jugador de fútbol que pensaba que podía llevarse a cualquier chica a la cama para luego deshacerse de ella como si fuera un juguete roto.

Abrió el puño. Sobre la palma de la mano tenía la tarjeta que él le había dado. Llevaba media hora con ella. La miró con atención y leyó el nombre y los números de contacto. Un recuerdo se le clavó entre las costillas como un estilete. Todos esos números... Había tecleado esos números antes, pero ninguno de ellos le había llevado hasta él.

Sacudiendo la cabeza, Ava se apartó del grupo. Iba a volver al hotel.

Todo era un desastre y era culpa de él, no de Bernard.

¿Cómo había podido salir con Bernard durante dos años? ¿Cómo se le había ocurrido preparar unas vacaciones románticas con la esperanza de obtener una propuesta de matrimonio? Los billetes de avión, el hotel de lujo, la visita a La Toscana... Todo había sido una locura.

¿Cómo había sido capaz de preparar un escenario romántico para un hombre al que no amaba en una de las ciudades más hermosas del mundo? El corazón de Ava empezó a latir sin ton ni son, porque la respuesta a esa pregunta estaba en su mano.

¿Qué estaba haciendo en Roma de nuevo?

Esa era la pregunta del millón y Gianluca no podía dejar de pensar en ello. La fiesta estaba en su apogeo. Era una reunión de bienvenida para su primo Marco y su recién estrenada esposa. Pero Gianluca no hacía más que escudriñar la plaza en busca de cierta mujer morena.

No había podido sacársela de la cabeza en todo el día. No era aquella jovencita que se había tumbado con él sobre la hierba tantos años antes la que lo atormentaba, sino esa mujer furiosa que parecía estar en contra del mundo. Había olvidado cómo ser mujer, y parecía que lo había hecho a propósito.

Sonrió ligeramente. Se preguntó si sería difícil recordarle cómo ser mujer. Teniendo en cuenta la química que había entre ellos, no tendría que ser difícil. La rabia era un afrodisiaco poderoso.

La sonrisa se le borró de la cara. Sus padres llevaban esa clase de relación, volátil, voluble, pasional. Su madre, como buena siciliana, desplegaba todo su talento dramático y su padre se dedicaba al sabotaje. Le racionaba el dinero, le negaba las joyas de la familia, le impedía alojarse en los numerosos palacios que la familia tenía por todo el país.

El matrimonio era muy recomendable.

Y la ironía más grande de todas era que se encontraba en esa fiesta para celebrar una boda, la llegada de un bebé, cosas que llevaban la felicidad a la vida de otros. Pero el apellido Benedetti conllevaba otro destino.

Ese era un pensamiento muy triste, no obstante, así que Gianluca lo ahuyentó rápidamente. La vida le sonreía. Era joven, estaba en forma y le iba bien en los negocios. Las mujeres se arrojaban a sus pies y los hombres hacían todo lo posible por quitarse de su camino. Todo lo que tocaba se convertía en oro. Era hora de dejar atrás a los demonios. Era hora de olvidar el pasado.

Le dio la espalda a la plaza que se extendía a sus pies, cruzó la terraza y volvió a entrar en la casa.

–*Signorina,* ¿nos vamos a quedar aquí toda la noche, o la llevo a otro sitio?

Al otro lado de la calle, las mujeres, con muy poca ropa encima, entraban en el conocido local. Ava le pagó al conductor, respiró profundamente y salió del vehículo. El aire frío se le clavó en las piernas y tuvo ganas de darse la vuelta.

Sabía que se estaba comportando como una tonta. El traje de noche de color burdeos le llegaba hasta las rodillas y le cubría los hombros y los brazos. Era perfectamente aceptable y recatado. Se le ceñía a los muslos a medida que andaba, no obstante, y sentía las pantorrillas desnudas dentro de esas medias negras. Sus tacones altos repiqueteaban sobre el asfalto, pero nadie la iba a señalar con el dedo para reírse de ella.

Al llegar a las puertas de cristal del elegante local, comenzó a sentirse distinta. Las luces de neón doradas y azules le daban un halo de fantasía y, por primera vez en toda su vida, Ava sintió que encajaba perfectamente en el lugar. No había nada raro en su apariencia.

Su mayor miedo era hacer el ridículo en público, pero esa noche no tenía más remedio que exponerse.

El portero le dijo algo agradable en italiano y la dejó pasar. De repente estaba dentro, rodeada de gente, contenta de haberse arreglado tanto. Por enésima vez se tocó las puntas del pelo.

Bajó un tramo de escaleras y se abrió camino entre la multitud. No le veía. ¿Debía esperar? ¿Debía pedir una mesa? El sitio estaba lleno de mujeres preciosas que apenas llevaban ropa. No podía competir con ellas.

De pronto una despampanante rubia pasó por su lado, subida sobre unos vertiginosos tacones de aguja, de esos que pueden atravesar el corazón de un hombre. El vestido que llevaba era tan ceñido que parecía que se lo habían cosido a la piel. Ava la siguió con la mirada, al igual que todos los hombres allí presentes.

La confianza en sí misma que había ganado esa mañana en la peluquería empezaba a resquebrajarse de repente. Volvió a mirar a su alrededor y localizó unas escaleras de caracol a ambos lados de la sala. Había otro nivel. Volvió a encontrar a la rubia. La joven subía.

¿Debía subir al otro nivel también? ¿O acaso debía preguntar cuál era la mesa de Gianluca Benedetti? Por primera vez se le pasó por la cabeza la idea de que la invitación había sido algo impersonal, pura cortesía. Era muy posible que le hubiera entendido mal.

«Sí, Ava. Lo has entendido todo mal de nuevo».

En ese momento justo se encontró con una mujer morena que llevaba un vestido color burdeos. La joven la observaba desde el otro lado de la sala. Llevaba los ojos perfectamente maquillados, con mucho kohl y rímel. Eran unos ojos misteriosos, oscuros. No era preciosa. Era enigmática. De pronto se tocó el cabello, vio que la joven hacía lo mismo y entonces se dio cuenta.

Toda la pared estaba recubierta de espejos. La mujer que la observaba era ella misma.

Ignorando las voces que auguraban la peor caída de todas, se abrió camino entre la gente y fue hacia las escaleras.

Marco le dio una cerveza fría.

–Por el futuro.

Era la primera vez que Gianluca se reunía con su primo desde aquella pomposa boda celebrada en Ragusa. Habían jugado juntos en un equipo de fútbol profesional cuando tenían veinte años. Marco lo había dejado a causa de una lesión y él había rescindido su contrato cuando estaba en la cima de su carrera para hacer el servicio militar. Todavía sentía las réplicas del terremoto mediático que acompañaba a una vieja gloria deportiva. El fútbol era una religión en su país y durante dos años él había sido el ídolo más grande, el hijo predilecto de Roma. Y nadie le dejaba olvidarlo.

–Tu futuro –le dijo a su primo, buscando a la novia con la vista.

Estaba muy cerca, rodeada de amigas. Ya se notaba que estaba embarazada.

–Estábamos brindando por el heredero de los Benedetti –le dijo Gianluca al ver que se acercaba. Le dio un beso en cada mejilla.

–Será tu hijo, no el mío –le recordó Marco.

–No va a haber ninguno, amigo mío. Así que bebamos.

–Según Valentina, sí que lo habrá.

–Te enamorarás, Gianluca –dijo Tina Trigoni, acurrucándose en el brazo de su marido. Apenas le llegaba al hombro–. Y, antes de que te des cuenta, tendrás seis niños y seis niñas. No te queda más remedio, porque no estoy dispuesta a sacrificar a mis hijos en aras del legado Benedetti.

–Valentina... –empezó a decir Marco, pero Gianluca sonrió.

–Me alegro de que hayas estado atenta, Tina.

–Aunque está claro que nunca sentarás la cabeza mientras sigas saliendo con esas cabezas huecas.

Gianluca arqueó una ceja.

–Sí. Todas esas... No tienen más que burbujas en la cabeza, como en los dibujos –añadió Tina, haciendo un gesto de lo más ilustrativo–. Me las imagino con viñetas vacías alrededor de la cabeza, para que otros las rellenen con palabras.

Gianluca guardó silencio, pero por dentro no tenía más remedio que admitir que no andaba desencaminada. Pero él tampoco andaba buscando a la madre de sus hijos.

–Has estado hablando con mi madre.

–Dios, no. No soy tan valiente. Sabes que piensa que una virgen siciliana de veinte años os llenaría la casa de niños, ¿no? La oí hablando con tus hermanas sobre el tema.

Marco resopló.

–¿Tú crees que tu madre te conoce de verdad?

Gianluca se hacía la misma pregunta, y la respuesta seguramente era negativa. Los Benedetti criaban a sus hijos como si fueran Rómulo y Remo, soldados de nacimiento, y no había ningún vínculo afectivo.

Su madre había abrazado las tradiciones del clan de la misma forma que todas sus antecesoras y esperaba que él hiciera lo mismo. No le conocía en absoluto.

–Búscame una esposa entonces, Tina –dijo, con sorna–. Una virgen siciliana, bien hermosa y joven. Y seguiré todas las tradiciones.

–Si te busca una esposa, muchas mujeres esperanzadas se pondrán a llorar –observó Marco, meciendo su cerveza en el aire.

Valentina parecía interesada, no obstante.

–No conozco a ninguna virgen con esas características. ¿Queda alguna que tenga más de veintiún años?

Gianluca se acordó de unos ojos verdes de repente.

–Pero, francamente, Gianluca, no sé si presentarte a alguna de mis amigas. Tú nunca vas en serio con las mujeres.

–Sus amigas están haciendo cola para ser presentadas –apuntó Marco–. Me alegro de no ganar tanto dinero como tú.

–Sí, porque en ese caso yo me habría casado contigo por tu dinero –dijo Valentina–. En vez de haberlo hecho por tu arrebatador encanto personal –lo miró de reojo–. Además, no creo que vayan solamente por su dinero, *caro*.

Gianluca escuchó la conversación con cierta añoranza. Era eso lo que iba a perderse. Marco y Tina envejecerían juntos, tendrían nietos a los que mimar y podrían recordar toda una vida de anécdotas. Cuarenta años después... Sus pensamientos se detuvieron de golpe. Acabaría siendo un hombre rico en un castillo vacío. Más allá de la pareja feliz que tenía delante, lo único que veía era el agónico matrimonio de sus padres, dos actores a los que les encantaba escenificar dramáticas obras en el Palazzo Benedetti.

Cuántas mujeres infelices habían pasado por esa enorme mansión a lo largo del tiempo.

Su madre era una preciosa chica de sangre caliente de las afueras de Ragusa. Maria Trigoni había hecho un buen matrimonio y se había pulido hasta convertirse en una *principessa* romana. Cumplía con su papel de esposa y madre, pero sus amantes y el adorado rol de dama de sociedad consumían la mayor parte de su tiempo. La joven princesa del clan Benedetti solo le era fiel a su familia, los Trigoni, una estirpe del sur del país. El padre de Marco era su hermano. Maria solía pasar allí largas temporadas. Gianluca se acordaba de todas esas veces cuando desaparecía. La primera vez que había ocurrido solo tenía tres años y se había pasado una semana llorando. La segunda vez tenía seis años. A la edad de diez años había intentado llamarla, pero ella se había negado a contestar.

Parecía que las mujeres perdían el alma en cuanto se ponían la tiara de los Benedetti...

Bebió un sorbo de cerveza, pero apenas la saboreó. No tenía intención de sentar la cabeza, ni de darle un heredero a la familia Benedetti. Ya había hecho bastante salvaguardando el honor de la dinastía. Además, después de dos años de servicio activo, sabía que debía vivir el momento.

De repente una mujer salió a la terraza. Era esbelta, de redondeadas curvas. Las luces la hacían parecer rubia platino.

–Bueno, ahí está mi objetivo –dijo Gianluca.

–Coches caros y muñequitas. Por eso no quiero presentarte a mis amigas –dijo Tina al verle alejarse.

La rubia lo miró al verle acercarse y batió las pestañas.

–Ven a bailar conmigo, Gianluca.

–Tengo una idea mejor –dijo él, pasando por su lado–. Vamos a beber algo...

No era capaz de recordar su nombre.

–Donatella –dijo ella con frialdad.

–Donatella. Sí –a juzgar por su tono de voz, sospechaba que no era la primera vez que olvidaba su nombre esa noche.

Sacó su PDA. Se tomaría algo, trabajaría un poco y se desharía de la rubia. Trató de recordar el nombre de la rubia una vez más y se abrió camino hasta la barra.

Ava le dio su nombre a la azafata.

–*Strawberries* –susurró.

–*Scusi, signorina?*

Ava se aclaró la garganta.

–Creo que estoy apuntada con el nombre de *Strawberries.*

La boca se le secó. Seguro que la pareja que tenía detrás se estaba riendo. Cerró los ojos un momento y buscó arrojo donde no había. La humillación en público estaba demasiado cerca de repente.

–Soy la invitada del señor Benedetti.

–Ah, sí.

A la azafata no le parecería raro que una mujer estuviera apuntada en la lista de Gianluca Benedetti con el nombre de una fruta. Con el estómago agarrotado, se abrió camino entre la multitud de mujeres semidesnudas y hombres con trajes de miles de dólares. De pronto se detuvo. Gianluca Benedetti estaba de pie, con los brazos apoyados en un diván de cuero. Parecía una de esas esculturas en mármol de Miguel Ángel. Una rubia exuberante le susurraba cosas al oído. Era la misma que había visto antes. Una sensación nauseabunda la invadió por dentro. Jamás podría ser ella.

Durante una fracción de segundo, Ava volvió a vivir aquel lejano día. Era la boda de su hermano y allí estaba ella, una chica insignificante en medio de una glamurosa multitud. Gianluca Benedetti, la estrella del fútbol, el hombre más deseado del planeta, hablaba de deportes con otro hombre... Estaba flanqueado por dos bellezas, una rubia y una morena, pero ni siquiera les hacía caso. Cuánto hubiera querido ser alguna de ellas aquel día... Habría dado cualquier cosa por ser una de esas chicas sensuales y perfectas que iban con taconazos a todas partes y se llevaban al más guapo de la fiesta, aunque solo fuera por una noche.

Y entonces su mirada se fijó en él un instante. Algo iba a cambiar en ese momento. Algo la había golpeado y no era capaz de devolver el golpe. La voz de la conciencia se calló de repente. Era la voz de la chica que había tenido que cuidar de sí misma desde una edad muy temprana, pero en ese momento estaba silenciada.

Aquella noche no le había importado nada ni nadie.

Solo le había importado él.

Volviendo a la realidad, Ava sintió que todo daba vueltas a su alrededor. ¿Cómo se había vuelto a poner en esa tesitura? ¿Acaso no había aprendido nada con la experiencia? De repente vio que él se ponía en pie. Iba hacia ella. Ava respiró profundamente y se preparó para lo que iba a decir.

«He venido, pero desearía no haberlo hecho. Eres un mujeriego, un sinvergüenza y un patán. Ojalá no te hubiera conocido nunca».

Estaba a menos de un metro de distancia y fue entonces cuando Ava se dio cuenta de que no se dirigía hacia ella. Su mirada pasó de largo como si fuera un rostro más en aquella multitud rutilante. La había invitado, pero ya se había olvidado de ella. Ni siquiera se acordaba de su cara. El estómago le dio un vuelco. Le vio ir hacia la puerta. Desapareció tras ella.

Ava echó a andar entre la gente. Alguien la pisó y

perdió un zapato. Se detuvo para recogerlo y salió al exterior, corriendo. Vaciló un momento ante las escaleras que llevaban hasta la plaza. ¿Qué dirección había tomado?

Echó a andar de nuevo en cuanto le vio. Estaba cruzando la plaza, saliendo de las sombras.

Dejando a un lado toda una vida de prudencia, planes y autoprotección, Ava echó a correr tras él. Iba sin abrigo, pero no se había dado cuenta.

Capítulo 4

GIANLUCA oyó los pasos a sus espaldas, ligeros, rápidos. Los tacones repiqueteaban, cantarines, sobre los adoquines. Se dio la vuelta y, durante una fracción de segundo, no hicieron nada más que mirarse. Ella empezó a andar de nuevo.

El pasado le golpeó con contundencia en ese momento. Ya no era aquella chica con la que se había acostado sobre el césped del monte Palatino. Aquella chica no había existido en realidad. Y todo rastro de ella había sido borrado.

A medida que se acercaba, las luces de la plaza le iluminaron los ojos y pudo ver incertidumbre en ellos, incertidumbre y algo más... esperanza. Pero debía de ser un efecto de la luz. De repente levantó la barbilla y le clavó la mirada.

Le gustaba saber que había ido tras él, no obstante. Debía esperar y ver qué hacía.

Al otro lado de la plaza había un grupo de periodistas. No tardarían mucho en reconocerlo y lo último que necesitaba en ese momento era tener a una manada de chacales a su alrededor.

Fue hacia ella, la agarró de la cintura y se convenció de que todo lo hacía porque era necesario.

–*Scusi, signora* –dijo, y un momento después la estaba besando.

La agarró de la nuca y la sujetó con fuerza, impidiéndole escapar. Ella se retorcía entre sus brazos, pero era inútil. Con la otra mano la agarró del trasero.

Unos segundos después empezó a disfrutar de su resistencia. Quería que le golpeara el pecho con los puños, que sacara toda esa furia que llevaba dentro. Estaba muy excitado. Cada movimiento de su cuerpo femenino desencadenaba una avalancha de lujuria que le sacudía por dentro. Tomó sus labios una y otra vez hasta que ya no tuvo más remedio que soltarla. Lo único que veía eran esos ojos verdes sorprendidos, la curva de su labio superior, ligeramente húmedo, el movimiento rápido de su pecho al respirar con dificultad.

Sabía que los habían visto, así que acercó el rostro al de ella. Era un gesto íntimo desde cualquier distancia. Ella lo miró a los ojos. La sorpresa dio paso a la furia. Ya no era aquella chica. Era la mujer que le había abandonado. Y quería hacerla suya de todas las formas posibles. Quería hacerle el amor en un callejón oscuro. Quería levantarle la falda, arrancarle las medias, enseñarle quién estaba al mando. Jamás volvería a huir de él. Jamás. Gianluca podía oír su propia respiración entrecortada.

¿Por qué fingía no conocerlo? ¿Por qué había entrado en el local vestida de esa manera? ¿Qué clase de mujer era? ¿Por qué había vuelto a aparecer en su vida en ese momento?

Miró a los paparazzi. La lujuria y la rabia se mezclaban, generando un cóctel fulminante de emociones. ¿Qué había sido de ese hombre frío y pragmático de buena reputación?

La miró y reclamó su posición de poder.

–*Scusi, signorina. Mi volevi dire nulla di male.*

No quería hacerle daño, pero una rabia incontenible le dominaba de repente.

Abrumada, sorprendida, Ava intentaba asimilar lo que acababa de ocurrir. Debía retroceder. Lo que acababan de hacer era una imprudencia y las cosas no podían terminar bien. Esa era su oportunidad. Él no le haría preguntas. Seguía siendo una extraña para él.

Pero no había infravalorado el recuerdo del efecto que tenía en ella. Algo la había llevado a hacer algo temerario, y por fin sabía qué era. Tenía algo que ver con esa voz inflexible, ese acento sexy. Si cerraba los ojos podía sentir sus labios sobre el abdomen. Nadie la había tocado así en toda su vida.

Él la observaba con unos ojos intensos que la hacían derretirse por dentro, pero había algo más en su mirada, algo oscuro y aterrador. Ninguno dijo nada durante unos segundos.

–¿Puedes correr con esos zapatos?

–¿Qué? –no era eso lo que Ava esperaba oír.

–Esos hombres de ahí son periodistas. Si me reconocen, tu foto estará en todos los sitios en los que no quieres que esté. ¿Puedes correr?

No esperó a obtener respuesta. La estrechó contra su cuerpo. Puso una mano sobre su espalda y echó a caminar por la plaza, retrocediendo sobre sus pasos. Ava sabía que debía protestar, o hacer más preguntas por lo menos, pero sus emociones pasaban de la euforia a la furia en segundos. Se acordó de la Fontana de Trevi. Estaba muy cerca. En otra vida hubiera estado allí en ese momento con Bernard, jugando a ser la protagonista de una vieja película.

Levantó la vista hacia el hombre que se la llevaba de

allí. Sus facciones eran duras, masculinas. Ese hombre tomaba lo que quería, sin contemplaciones, sin importar las consecuencias. Un sentimiento fiero la atravesó por dentro. Aceleró el paso.

–Has venido –le dijo él de repente.

La había agarrado de la mano e iban corriendo. Muy pronto rodearon una esquina y una limusina negra acudió a su encuentro.

–Prefiero caminar cuando hace buena noche, pero me parece que hoy no estamos de suerte, *signorina.*

Le soltó la mano para abrirle la puerta. Ella se echó hacia atrás y se abrazó para protegerse del frío de la noche.

–Te llevo a donde quieras.

Ava sintió que viajaba en el tiempo. Una vez más volvía a ser aquella jovencita con el vestido azul, parada en los peldaños de la entrada del gran *palazzo*, buscando un taxi... Y él era ese chico triunfador, conduciendo su despampanante moto.

–Te pido disculpas por toda esta pantomima –le dijo él.

Sonaba tan formal, tan italiano, como si no acabara de besarla con locura.

Esos ojos color miel la miraron de arriba abajo de repente como si la acariciaran. Ava sintió que se le endurecían los pezones. Un calor abrasador le subía por la entrepierna. Era toda una sorpresa desearle así.

–Si me das el nombre de tu hotel, te llevo...

Todos los miedos de Ava se concentraron en un único pensamiento: iba a librarse de ella.

–O... Podríamos ir a un sitio tranquilo que conozco primero. Tomamos algo y me cuentas por qué estás en Roma.

Había dicho «primero». ¿Pero qué era lo segundo?

Ava trató de ignorar el temblor que le sacudía las rodillas. ¿Le estaba proponiendo algo? ¿Quería que le llevara al hotel para acostarse con ella?

–Yo no...

–Tomar algo en un sitio público. Dos personas civilizadas. ¿No es por eso que estás aquí?

Fascinada y horrorizada al mismo tiempo, Ava se preguntó si le había leído la mente.

–¿Para tomar algo conmigo?

Sorprendentemente el deseo corría como un río de miel por sus venas. Pero esas cosas nunca le pasaban a alguien como ella. Nunca le habían pasado. El deseo sexual era su asignatura pendiente. Su libido jamás le había tendido una emboscada.

Gianluca Benedetti estaba acostumbrado a que las mujeres le persiguieran. Ella, en cambio, jamás había inspirado esa clase de persecución por parte de un hombre.

–No voy a acostarme contigo esta noche.

Él la miró con unos ojos burlones.

–No me había dado cuenta de que te lo había preguntado.

Ava quiso que la tierra se abriera y se la tragara. Se había delatado a sí misma.

–Quería dejarlo claro.

–¿Y si nos tomamos esa copa sin más? –se inclinó hacia delante para darle instrucciones al conductor, pero entonces se le ocurrió algo más–. ¿Tienes hambre?

Ava sacudió la cabeza. Lo miró de reojo mientras hablaba con el conductor.

–Lo siento –dijo él, echándose hacia atrás–. No era mi intención ignorarte esta noche. Tenía la cabeza llena de cosas.

–Sí –dijo Ava en un tono cargado de sarcasmo–. Ya me di cuenta.

Gianluca frunció el ceño.

–¿La rubia que olvidó vestirse? –le recordó ella.

–Ah, Donatella. Sí.

–Hay algo que debería decirte.

–¿Sí? –dijo él, prestándole toda su atención.

–No es la primera vez que nos vemos.

–¿No?

–No. ¿No te resulto familiar?

Él se encogió de hombros.

–Conozco a mucha gente todos los días. Discúlpame si no me acuerdo.

–¿De verdad que no te acuerdas?

Una mirada de exasperación atravesó esos ojos enigmáticos.

–Está claro que estás a punto de contármelo.

Ava se volvió hacia la ventanilla. En ese momento deseaba haberse quedado en la plaza.

–Estoy esperando.

Se volvió hacia él de nuevo. ¿Por qué la miraba de esa forma?

–No importa. Olvídalo.

–¿Lo he entendido mal? Me sigues, me persigues por una plaza, y ahora me confiesas esto. ¿Qué pasa aquí?

Ava se quedó sin palabras durante unos segundos. Gotas de sudor le caían por la nuca. No esperaba que se mostrara tan amenazante. ¿Dónde estaba aquel chico sensible al que había conocido siete años antes? Solo había pasado una noche a su lado, pero habían hablado mucho. Le había contado cosas que no le había dicho a nadie más. ¿Cómo era posible que aquel muchacho hubiera podido convertirse en el hombre receloso que tenía delante?

–Yo no te seguí. No te he perseguido. Los hechos no son así.

–Vamos. Vienes a Rico's, vestida así... y aceptas una invitación que cualquier mujer con sentido común y autoestima hubiera ignorado sin más.

Ava apenas oyó el final de su afirmación. No sabía adónde mirar. Había acertado al pensar que no hablaba en serio, y ya era demasiado tarde para evitar el desastre. Había tomado aquel beso como una prueba de algo. ¿Qué le pasaba? Siempre malinterpretaba las señales entre los hombres y las mujeres. Siempre.

Por eso había aguantado tanto tiempo con Bernard. Le daba demasiado miedo entrar en el mercado de solteros de nuevo. Ya había estado ahí una vez... cuando había vuelto de Roma siete años antes. Buscaba algo parecido a lo que había tenido con él aquella noche, pero no había encontrado más que a un tipo llamado Patrick, guapo y con un deportivo de impacto. Ese había sido su único intento por entrar en primera división, y él había salido con ella porque quería relajarse un poco. Sin embargo, a los pocos meses había descubierto que en realidad tampoco quería relajarse tanto.

Lo único que deseaba en ese momento era bajar del coche. Necesitaba salir corriendo, esconderse, encajar las piezas del puzle y castigarse por lo idiota que había sido.

–Yo no te invité. Si la invitación no era real, es culpa tuya –masculló–. Y no tienes por qué cuestionar mi sentido común. ¡Ya lo hago yo bastante!

Gianluca arrugó los párpados y la miró fijamente, como si algo inesperado estuviera ocurriendo.

–Bueno, ¿dónde me he equivocado, *signorina*?

Ava hubiera querido echarse a reír, pero no fue capaz. En ese momento sabía que su compostura corría un serio peligro y no podía permitirse perderla.

–Fuera como fuera la invitación... ¡Tú me invitaste!

–al ver que él no reaccionaba, siguió adelante con testarudez–. Tú me invitaste.

Él sacó el móvil y tecleó algo. Parecía tan relajado. Aquello no le afectaba en absoluto.

–¿Preparaste lo de los periodistas? –le preguntó, sin levantar la vista siquiera.

Ava resopló. No pudo evitarlo. Y Gianluca la miró por fin, como si ninguna mujer tuviera derecho a hacer ese sonido delante de él.

–¿Sabes lo que eres? Un matón de patio de colegio, un playboy y nada de esto es justo.

–¿En serio?

–Ahora mismo en lo único que puedo pensar es en las horas que pasé arreglándome para esta noche –añadió, preguntándose por qué se molestaba en decirle nada. Él estaba demasiado ocupado mirando el teléfono–. Y no tengo ni idea de por qué lo hice.

–Para impresionarme.

Ava se quedó boquiabierta.

–¡Tienes un ego increíble! –un latigazo de furia la hizo estremecerse–. Cuelga ese teléfono y escúchame.

Él levantó la mirada lentamente y Ava deseó que no lo hubiera hecho. Tragó en seco. Había hecho un largo recorrido en la vida, y no estaba dispuesta a dejarse intimidar.

–No soy una de esas fulanas que se te tiran encima en la barra de un bar. Déjame aclararte unas cuantas cosas. El mes pasado salí en el top cincuenta de mujeres empresarias de Australia. Puede que eso no signifique nada para ti, príncipe Benedetti, pero yo no soy una de esas mosquitas de bar. No me dedico a seducir a los hombres para sacar algo a cambio, y no sé cómo contactar con los paparazzi.

–Y me estás dando esta visión tan fascinante sobre tu vida... ¿Por qué?

Ava se preguntó qué estaba haciendo. Tenía un recuerdo maravilloso y se estaba haciendo añicos delante de sus ojos. Ni siquiera podía echarle la culpa. Era ella quien se había marchado en silencio. La realidad se impuso de repente y las cuatro copas de vino que se había tomado con el estómago vacío comenzaron a hacer estragos. Seguramente terminaría vomitando. Era inevitable. Quería salir del vehículo. Agarró el bolso.

–Vamos –dijo él con brusquedad–. Dame la dirección de tu hotel para llevarte.

Ava lo ignoró y se agarró de la puerta.

–¿Y para qué? La última vez no me llevaste.

Lo que acababa de decir era injusto, pero le daba igual. La frase hubiera sido perfecta para rematar la escena, de no haber sido porque tropezó y cayó al suelo nada más bajar del vehículo.

Mascullando un juramento, se puso en pie, soltó los tacones y echó a andar a toda prisa. Caminaría sobre las medias. Al fin y al cabo ya daba igual. Era el último par.

Iba andando por la calle, sin saber muy bien adónde se dirigía.

–¡Evie! –le oyó gritar de repente.

Ava siguió adelante. ¿Quién era Evie?

¿Por qué tenía que ser todo tan difícil para ella? Muchas mujeres tenían citas románticas, recibían besos, caricias, se sentían adoradas. Otras, en cambio, se iban a Roma en busca de aventuras, pero seguramente no terminaban en la calle en mitad de la noche, caminando sin zapatos.

Buscó la tarjeta del hotel en el bolso. Lo único que tenía que hacer era encontrar a alguien y enseñársela.

¿Estaría muy lejos? Casi se tropezó con un banco de piedra que de alguna manera se había interpuesto en su camino.

De repente sintió una mano que la agarraba del codo. Alguien tiró de ella y la hizo darse la vuelta.

–¡Para! ¡Suéltame! –gritó, dándole golpes en el pecho.

El calor de su cuerpo, su aroma... Todo la envolvió de repente. Forcejeó todo lo que pudo y entonces se dio cuenta de que solo trataba de ayudarla a mantener el equilibrio.

–*Dio,* estás borracha.

No era una acusación, sino una mera observación.

Ava levantó la barbilla y buscó alguna respuesta afilada con la que contraatacar.

«Tengo que estarlo para irme a algún sitio contigo», pensó, pero no llegó a decirlo.

–Te llevaré al hotel.

Ava quería discutir, pero ya no le quedaban fuerzas.

–¿Adónde vamos, señor?

Su conductor, Bruno, le habló con toda tranquilidad por encima del techo de la limusina, como si llevar a casa a mujeres borrachas formara parte de su rutina diaria.

Un hombre sensato hubiera averiguado dónde se alojaba y habría hecho lo correcto sin mirar atrás. Un hombre sensato... Él, en cambio, se había bajado del coche y había echado a correr tras ella.

La miró para preguntarle dónde se hospedaba. Parecía que estaba dormida. La sacudió ligeramente. Le abrió los dedos de las manos y encontró unos billetes arrugados y una tarjeta blanca.

¿Le estaba ofreciendo dinero?

Un taxi... Todo encajó de repente. Pensaba que iba a meterla en un taxi, en esas condiciones.

Tomó la tarjeta. El Excelsior. Un buen hotel. Y no estaba lejos de allí.

La colocó en una posición más cómoda con cuidado. Ya empezaba a respirar de una manera más pausada. Por primera vez la tensión había abandonado su rostro. No parecía una de esas mujeres que iban a los bares en busca de hombres y bebían hasta desmayarse. Parecía que necesitaba que la cuidaran.

Sintió pena por el pobre diablo que acabaría haciendo ese trabajo.

Pero entonces se fijó en otras cosas. Tenía las medias rotas. Su vestido era muy fino. Debía de tener frío en la calle. Sin pensar en lo que hacía, se quitó el abrigo y se lo puso encima.

De repente ella echó atrás la cabeza y abrió los ojos. Trató de enfocar bien y lo miró. Durante unos segundos ambos permanecieron en silencio y entonces ella emitió un sonido parecido a un gruñido.

Gianluca sonrió y se guardó la tarjeta en el bolsillo de atrás.

–*Casa mia* –le dijo a Bruno.

Capítulo 5

DESPIERTA, Bella Durmiente.

Una voz profunda y sexy la sacó del sueño.

«¿Y quién dice que no soy una mujer apasionada?», pensó Ava.

Su rostro se dibujaba cada vez más definido. Todos los detalles se hacían visibles; la perfección de su piel bronceada, la línea sensual de sus labios. Sus ojos color miel resplandecían como una llamarada sobre un pozo negro, como un eclipse de sol. Todo era oscuro, cálido y... real.

La estaba besando. El tacto de sus labios la revolucionaba por dentro. Las hormonas saltaban en su interior como burbujas en una bebida efervescente. Él enredó los dedos en su pelo de repente y le susurró algo contra los labios.

–*Cosi dolce, cosi dolce, mi baci bella.*

Era tan romántico, tan irresistible, tan real.

Ava recobró la conciencia. Abrió los ojos de golpe. Cuántas veces había soñado con algo parecido a lo que estaba ocurriendo en ese instante...

–¡Tú!

–Sí, yo, *bella*. ¿A quién te creías que estabas besando? ¿O es que después de un rato todos te parecemos iguales?

¿De qué le estaba hablando? Apoyó las manos en su pecho y le dio un empujón muy brusco. Él la miraba fijamente. Su expresión había dejado de ser tan amigable.

–Quítate...

Ava no sabía muy bien cómo llamarlo, pero sus protestas sonaban un tanto débiles después de esos besos apasionados que le había dado. Él recorrió su rostro con la mirada y entonces reparó en sus hombros desnudos.

Desnudos.

Ava se tocó el pecho. Estaba desnuda. Se miró. Aún llevaba las bragas... Recordaba vagamente haberse quitado la ropa, pero estaba segura de que nadie más se había visto implicado en el acto.

–Quítate –le repitió.

–Me gustas más cuando estás inconsciente –comentó él y se levantó de repente. Echó a andar hacia la puerta.

Ava hizo todo lo posible por incorporarse, manteniendo la sábana a su alrededor. Abrió los ojos ligeramente. Durante una fracción de segundo le había parecido ver un bulto en sus vaqueros.

Hizo una mueca de dolor.

–¿Adónde vas?

–Hoy es un nuevo día, Ava. Vístete –añadió y se marchó sin más.

Ava se quedó mirando la puerta unos segundos y entonces bajó la vista. Parecía una sirena, envuelta en esa sábana blanca. Acarició el tejido de manera instintiva. Durante una fracción de segundo se quedó en blanco. Volvió a sentir la suavidad de su aliento cálido, el peso de su cuerpo bajo las manos.

«Vuelve...», pensó.

Se dio un golpecito en la cabeza. ¿Qué le había pasado? Las hormonas la habían metido en un aprieto y tenía que ponerlas bajo control. El dolor pulsante que tenía detrás de los ojos le dio otro latigazo, como para recordarle lo imprudente que había sido. Bajó la cabeza y volvió a apoyarse en la almohada.

«Vístete, Ava... Ava... Vístete... Ava...».

Casi se cayó de la cama.

Él lo sabía.

Gianluca necesitaba una ducha fría. Se paró bajo el potente chorro de agua y relajó la tensión de los músculos del cuello.

«Ava Lord».

No era Evie, sino Ava.

Había pasado siete años recordándola, pero siempre era Evie en su recuerdo.

Solo había sido una noche, así que tampoco podía esperar recordar bien el nombre. Pero nunca había llegado a saber su nombre real. Lo había entendido mal, y ella no le había corregido. ¿Había sido algo tan anónimo para ella que ni siquiera había necesitado nombres?

¿Pero por qué le molestaba tanto un detalle tan pequeño?

La pregunta más importante de todas, no obstante, era por qué había sentido aquel nudo en el estómago cuando se había dado la vuelta y se había encontrado con una cama vacía.

Entonces tenía veintidós años y le iba bien en la vida. Era un jugador de éxito y las chicas se morían por estar con él, pero ya se había llevado unos cuantos golpes por aquel entonces y Evie... Ava había irrumpido en su vida en el peor momento. Era un chico resentido por aquella época.

Pero ella era distinta. Tenía carácter. Le daba instrucciones mientras conducía su Ducati por la ciudad. Se quejaba y protestaba... Había fingido perderse para provocarla. Pensaba que iba a disfrutar haciéndola perder la paciencia, pero no lo había conseguido. Sentía tanta curiosidad por la ciudad y su historia... La había llevado al Forum y a muchos otros lugares. Muchas veces había sentido que competía con los monumentos para ganarse su atención.

Y ella le hacía competir. Le había obligado a darle lo que ninguna chica le había pedido hasta ese momento. Le había hecho entretenerla. Al llegar al monte Palatino, le tenía en la palma de la mano.

Pero Gianluca no tenía nada planeado cuando se había tumbado sobre la hierba. Ella hablaba mucho y le encantaba escucharla. Eso lo recordaba bien. Y entonces había empezado a llorar y no había tenido más remedio que besarla, porque sus lágrimas eran tan reales... Las cosas no deberían haber pasado de ahí, pero olía tan bien. Nada más meter las manos por dentro del corpiño de su vestido de cuento de hadas, había sabido que no había vuelta atrás. El tacto satinado de sus pechos, sus pezones duros sobre las palmas de las manos... Lo recordaba todo.

Sabía que no era como las otras chicas y también sabía que el desenlace sería triste, pero en aquel momento le daba igual.

Evie, Evie, Evie... Ava.

¿Por qué le había abandonado tan rápido, sin dejarle conocer nada más de ella?

Poco después de encontrarse con esa cama vacía, recibió una llamada de teléfono que cambió su vida para siempre.

Siete años. Pasarían siete años.

–Se llama Ava Lord y se hospeda en el Excelsior. Josh no ha hecho más que llamar y llamar, pero tiene el teléfono apagado.

Su prima Alessia lo había llamado unos días antes, a las seis de la mañana. La hermana de su marido estaba en Roma, pero se negaba a ir a verles. Tenía que ir a buscarla ese fin de semana.

¿Cómo podía dar tantas vueltas la vida? Era ella. Ava Lord. Ava, Evie...

Después lo había llamado su madre.

–Tienes que recoger a esa chica, Gianluca. Alessia me ha dicho que no quiere venir a vernos. No fuimos agradables con ella en la boda de Alessia, y me temo que es por eso que no quiere ni vernos. Siento que es culpa mía.

Gianluca cerró el frigo y sacudió la cabeza. Se puso una toalla sobre los hombros.

Ava Lord.

En cuanto oyó ese nombre en boca de su prima Alessia, supo lo que había hecho.

Se había acostado con la hermana del novio aquel día.

Se afeitó y se vistió rápidamente. Había entrado en la habitación a primera hora, para enfrentarse a ella por fin, pero ese había sido el primero de sus errores.

Se la había encontrado en medio de la cama, con la sábana enroscada alrededor del cuerpo, mostrando todas esas curvas exuberantes que jamás había podido olvidar. Era evidente que estaba desnuda bajo la sábana. Su cabello, copioso y brillante, estaba extendido alrededor de su rostro.

Se había movido, y toda la gloria de su cuerpo perfecto se dibujaba en el fino tejido de algodón.

¿Cómo iba a mantener una conversación con ella sin pensar en el sexo?

Molesto consigo mismo, había apretado el botón de las persianas automáticas y la luz de la mañana había inundado la estancia sin remedio.

–Vamos, despierta.

Hubiera querido darle una buena sacudida, pero se había detenido antes de llegar a su hombro. No quería tocarla.

–Despierta, Bella Durmiente.

Ella masculló algo y la mirada de Gianluca se posó en esos labios de fresa, tan apetecibles como el resto de sus curvas. Esos ojos verdes y ardientes le habían atravesado.

Su imaginación, incontrolada, había seguido su curso. La había desnudado con la vista, siguiendo el contorno de sus caderas, bajándole la sábana con la mirada. Casi podía sentir el tacto de sus pechos en las manos, y sus pezones serían del mismo color que esos labios hipnóticos. La haría suplicar y entonces se hundiría en ella hasta el fondo. La llenaría por completo.

Ella había suspirado y lo había mirado con unos ojos adormilados, como si esperara algo. Gianluca se había inclinado sobre ella y le había dado un beso, un beso que reemplazaba al de la noche anterior, por su dulzura. Su boca era tan carnosa como la recordaba, y ella le había respondido. Aunque estuviera medio dormida, la había besado con toda el alma. Le había hecho enredar las manos en su cabello sedoso hasta que...

–¡Tú!

Gianluca había retrocedido al ver la sorpresa en sus ojos. Era como si no supiera a quién besaba, como si respondiera con el mismo arrojo a todos los besos de los hombres.

–*Dio mio* –exclamó Gianluca para sí, poniendo la mano sobre el pomo de la puerta.

No era una mujer cualquiera. Era su invitada, la cuñada de Alessia. Era la única mujer de Roma con la que no iba a acostarse. Esa vez se aseguró de llamar antes de entrar. No sabía qué esperaba encontrar, pero no era lo que estaba a punto de ver.

Ella estaba sentada en la cama, con las piernas encogidas, envuelta en la sábana. Desnuda.

–*Santa Maria* –masculló Gianluca–. Ten un poco de decencia y ponte algo de ropa.

Ella se volvió y durante una fracción de segundo pareció asombrada. Sujetó la sábana con fuerza a su alrededor y se la ajustó mejor.

–¿Es eso lo que has venido a decirme?

Gianluca cruzó los brazos.

–Tengo muchas cosas que decirte, *signorina* Lord. Teniendo en cuenta tu falta de pudor, será mejor que empiece ya. ¿Sabe tu hermano que estás aquí?

–¿Mi hermano?

–Sí. Ese hermano al que casualmente olvidaste mencionar.

Ella sacudió la cabeza.

–¿Por qué te interesa mi hermano?

–Sospecho que él hubiera podido sentirse muy interesado en mí hace siete años, sobre todo porque desvirgué a su hermana en un parque.

La cara de Ava era de absoluta estupefacción.

–Soy el cabeza de familia de los Benedetti. Y tú eres miembro de esa familia por matrimonio. Soy responsable de ti mientras permanezcas en esta ciudad.

Gianluca esperó una respuesta.

–Estás de broma, ¿no?

–Yo casi nunca... bromeo.

–Entonces tendré que pedirte con mucha educación

que te metas en tus asuntos. No eres responsable de mí, ni mi hermano.

–En realidad, soy yo el responsable de tu hermano. Trabaja para mí.

–No. Josh tiene un viñedo en Ragusa.

–Sí. En mis tierras de Sicilia.

Ava frunció el ceño.

Ese no era el panorama que Josh le había descrito cuando la llamaba por teléfono en raras ocasiones. Creía que le iba bien, que tenía un negocio próspero y propio. De hecho, cuando había hablado con él unos días antes, había utilizado el comienzo de la cosecha como excusa para no tener que verla.

–Esto me gusta tan poco como a ti. Cuando mi madre decide llamarme el día nunca empieza bien.

–Si... Bueno... He oído que los hombres italianos están muy apegados a sus madres.

–Hablamos tres veces al año. En Semana Santa, Navidad y en su cumpleaños.

La miró de arriba abajo y Ava se movió un poco, incómoda.

–Con la de esta mañana han sido cuatro este año. Por ti.

–Bueno, ya veo que estoy uniendo a la familia –dijo Ava con ironía–. Te estoy haciendo un favor.

Gianluca decidió ignorar el comentario.

–Según las mujeres de mi familia, con las que intento no mezclarme mucho, te niegas a ver a tu hermano porque sientes que te han ofendido de alguna forma.

Ava sintió que la rabia volvía a la carga en sus venas.

–¿Pero qué tiene que ver con ellos?

–Al parecer se sienten responsables por cierta incomodidad que notaron en ti aquel día de la boda.

«¡Tú! ¡Tú fuiste el responsable de mi incomodidad!»

Ava respiró hondo. Había estado a punto de decir algo indebido.

–No es asunto de ellos.

–Puedes hablarlo con ellos entonces.

–¡Bueno, no pienso hablarlo contigo!

–*Bene*. No tengo ningún interés en conocer tu ajetreada vida sexual. Pero sí que soy la persona que te va a enviar al sur esta tarde.

Ava frunció el ceño. Claramente la había confundido con alguna de esas muñequitas con las que salía.

Le vio recoger su vestido del suelo. Se lo tiró a la cama. Tomó su sujetador de encaje y lo sostuvo con un dedo en el aire, meciéndolo a un lado y a otro. Ava se lo quitó de las manos con brusquedad y le clavó una negra mirada.

–Cuando te vistas hablaremos de todo esto.

Capítulo 6

ME HAS oído? –repitió Gianluca con impaciencia–. Vístete y hablamos.

–Un momento –Ava recogió la sábana a su alrededor, como si una capa más de tela pudiera servirle de escudo–. ¿Qué le has dicho a tu madre de mí?

–¿A mi madre?

–Sí, a la mujer que te vio nacer. ¿O es que saliste de la cabeza de Zeus así como estás? No me sorprendería.

–¿De verdad quieres hablar de mi madre?

Ava tenía mucha experiencia con los tiburones corporativos, pero Maria Benedetti, la *principessa*, se había permitido el lujo de mirarla por encima del hombro siete años antes, como si la familia Lord no fuera lo bastante buena para los Benedetti. Había cometido un gran error llamando a Josh, pero tenía tantas ganas de oír una voz familiar a su llegada a Roma... Él se había mostrado tan distante que le había colgado el teléfono.

–¿*Signorina* Lord?

–¿Qué?

–Vístete.

–No. ¡Quiero saber qué le dijiste!

Él se frotó la mandíbula.

–No voy a mencionar nuestro singular encuentro, si es eso lo que te preocupa.

–No quería decir eso... De todos modos, no hubo tal

encuentro, como tú lo llamas, a menos que te hayas aprovechado de mí mientras estaba inconsciente.

Se hizo un silencio sepulcral.

–No te estoy acusando de nada –apuntó Ava. Ya empezaba a sentirse un poco incómoda.

El silencio se prolongó.

–Muy bien. Olvídalo –murmuró, rehuyendo su mirada.

–Te puedo asegurar que eso no pasó.

–Era una broma.

–Estás desnuda en mi cama. Y yo lo llamo «encuentro singular».

–Debes de estar desvariando.

Él le lanzó una mirada que la hizo sonrojarse de los pies a la cabeza.

–Sí. Sin duda –dijo por fin.

Ava se sujetó la sábana debajo de los brazos.

–¿Y cómo llamarías tú a lo que pasó anoche? –le preguntó él, sin dejar de mirarla–. ¿Una típica noche de viernes?

Para Ava una típica noche de viernes consistía en tomarse una copa de vino y ver su episodio favorito de *Poirot*.

–Bueno, yo lo llamo «estar borracha y enferma de amor» –dijo ella con altivez.

–Borracha, sí. Pero, por muy halagador que me parezca, no creo que estuvieras enferma de amor por mí... Y si lo estás, será mejor que te olvides del tema.

Una ola de resentimiento arrastró a Ava.

–Enferma de amor por mi novio, no por ti, imbécil.

–Ahórrame los insultos, por favor.

Ava sintió un vapor abrasador en las mejillas y se dio cuenta de que le estaba revelando demasiadas cosas.

–Disculpa. Pero tú me has provocado.

Él arqueó una ceja.

–¿Dónde está tu novio? –le preguntó con escepticismo.

–No es asunto tuyo.

–¿Te deja salir sola por las noches? ¿Deja que te vayas al bar a beber sola?

–¡Yo no bebo sola en los bares! Y no tiene que dejarme. Soy una mujer adulta. Puedo hacer lo que me plazca.

–No es italiano, ¿no?

–¿Quién?

–Tu novio –le dijo, poniendo un énfasis especial en la palabra. Era como si creyera que era una mentira.

Ava se levantó de la cama y agarró su bolso. Se sentó junto a la ventana. Buscó algo dentro con furia y brusquedad.

–¿Qué haces?

–Aquí está. Toma. Mira –le dijo, dándole su móvil.

Le enseñó una imagen reciente de Bernard.

–Mi novio –dijo, como si acabara de sacar un conejo de una chistera.

Gianluca miró la foto sin mucho interés.

–Podrías tener algo mejor.

–¿Disculpa?

–No te quiere. De lo contrario no estarías aquí sola. Si fueras mi mujer, no te comportarías como te comportaste anoche.

Ava trató de no pensar en lo que conllevaría ser su mujer.

–¿Lo dices en serio? –su tono de voz subió considerablemente–. ¿Tu mujer? ¿Para empezar qué significa eso? ¡Y no sabes nada, nada, de mi relación con Bernard!

–¿Bernard?

–Sí, Bernard –Ava sintió lágrimas en los ojos–. Para tu información, vinimos a Roma para comprometernos, ¡pero rompimos! Oh, ¿pero qué sabrás tú de las relaciones? Usas a las mujeres y las tiras a la basura como si fueran juguetes rotos.

–*Cosa?*

–Ya me has oído. Eres... eres un mal bicho.

Gianluca guardó silencio, pero su gesto era burlón. Estaba claro que no iba a hacer mella en su orgullo de esa manera.

Ava se quedó sin fuerzas de repente. Él no se lo estaba tomando en serio y lo único que estaba consiguiendo era hacer el ridículo. Sacudió la cabeza y volvió a meter a Bernard en el bolso. Se puso a buscar los zapatos.

–Tengo que irme. Olvida que todo esto ha pasado.

Gianluca no contestó. Sacó el teléfono móvil.

Ava se agachó y metió las manos por debajo de la cama.

–Ava.

–¿Qué? –le preguntó, sacando la cabeza de debajo de la cama.

Él le estaba mirando el trasero.

Ava estuvo a punto de golpearse la cabeza contra el cabecero de la cama al ponerse erguida.

–*Bella,* ¿qué haces?

–Mis zapatos. No los encuentro.

–No me digas. Ven aquí –le hizo señas con la mano.

Ella vaciló un momento.

–*Adesso, cara.* Tengo algo que enseñarte.

Era evidente que no estaba acostumbrado a esperar. Seguramente todas las mujeres se ponían a temblar cuando oían ese tono de voz. Le dio el teléfono. Ava lo tomó en las manos. Casi se le escurrió entre los dedos, pero consiguió asirlo con firmeza. Era uno de esos modelos nuevos ultraplanos. Era una foto lo que quería enseñarle. En ella aparecían una mujer y un hombre. Se besaban en mitad de una plaza por la noche. La imagen habría sido muy romántica si hubieran sido dos desconocidos.

–Está demasiado lejos. No se les ve la cara –dijo Ava, esperanzada.

Gianluca pasó a la siguiente imagen.

El plano era muy cercano. Él, tan fotogénico como siempre, aparecía acompañado de una joven con los ojos cerrados. La expresión de su rostro le resultaba tan desconocida que apenas era capaz de reconocerse en la instantánea. Parecía que estaba a punto de desmayarse, y tal vez había sido así. Parecía todas esas cosas que Bernard le decía que no era.

Una mujer que se deja llevar por la pasión...

–¿Esa soy yo? –tocó la pantalla con el dedo índice.

La imagen no se esfumó. Era real.

–Bienvenida a mi vida.

–Espacio público.

Ava le arrebató el teléfono y empezó a mirar todas las fotos. En dos de ellas era fácilmente identificable.

–Oh, Dios, ¡estoy tan gorda!

–¿Eso es todo lo que tienes que decir?

–A ti te da igual –lo miró con rabia–. A ti no te han pillado con un vestido de noche y con esa pose horrible. Gianluca recuperó su móvil.

–Estás bien. Además, eso da igual. Tienes que irte de Roma y yo necesito saber dónde estás.

–¿Irme de Roma? ¡Irme de Roma! ¿Por qué?

–Porque te van a hacer muchas fotos más. Empezarán a sacar información. Serás una celebridad en un abrir y cerrar de ojos. Tu nombre, tu lugar de origen, lo que haces, quién eres... Para mí eso está a la orden del día, pero para ti no, ¿no es así? Vete a Ragusa unos días y esto se olvidará.

–¡Ni hablar!

–También está el pequeño problema de mi futura esposa –añadió Gianluca mientras revisaba mensajes en su teléfono.

Ava se volvió hacia él.

–Es una broma, Ava. *Non e importante.*

–¿Estás comprometido y has intentado llevarme al huerto?

–¿Qué? –Gianluca se guardó el teléfono e hizo uno de esos gestos tan latinos que indicaba incomprensión.

–Sí. Ya sabes. Llevarme al huerto, ligar conmigo...

–Todavía no estoy comprometido.

–No entremos en cuestiones de semántica ahora. Oh, vaya. Menuda pieza me he encontrado. Bueno, ahí te quedas, en cualquier caso –siguió buscando los zapatos, revolviéndolo todo esa vez.

–No fui yo quien salió en busca de sexo.

Ava se detuvo. Se volvió hacia él.

–¿Disculpa?

Él la observaba con esa pose desafiante que muchas mujeres sin duda encontrarían irresistible.

–Mira, entiendo que te han roto el corazón o lo que sea...

–Lo que sea, mejor.

–Pero anoche no estabas buscando a tu Príncipe Azul.

–¿Y sabes una cosa? ¡No lo encontré!

En ese momento le odiaba tanto que podría haberle tirado cualquier cosa a la cara.

–No me voy a ningún sitio. Este es tu problema. Fuiste tú quien provocó todo esto. Fuiste tú quien me besó.

–Parece que voy a tener que recordarte que fuiste tú quien me siguió como una loca por esa plaza. No tuve mucha elección después de semejante escenita... Y ahora, *signorina,* como lo que hiciste anoche ha salido en todas las portadas de la prensa rosa y mi equipo de Relaciones Públicas va a tener que ocuparse del tema, ya que somos familia, este fin de semana vas a estar en el mismo sitio que el resto de la familia Benedetti.

–¿Qué quieres decir? ¡Yo no soy de la familia Benedetti!

–Te vas a Ragusa.

–¡Desde luego que no! Tengo un viaje contratado por La Toscana.

Gianluca se echó a reír y Ava dejó de pensar por un instante. Sin saber lo que hacía, se abalanzó sobre él. Él la agarró del brazo con facilidad y la sábana empezó a escurrirse. Horrorizada, Ava trató de esconderse contra su pecho, atrapando la sábana en el último momento. De repente se encontró en una comprometida situación. Su cuerpo estaba duro, caliente. Un relámpago de deseo la recorrió por dentro, poniéndole de punta los pezones.

–¡Suéltame!

Para su sorpresa, él obedeció. La soltó. Ava agarró la sábana de cualquier manera y se sentó en la cama. Estaba en desventaja. No podía pelear en igualdad de condiciones.

–No soy parte de tu familia. No puedes obligarme a ir a ningún sitio.

Lo miró de reojo y descubrió que la observaba con mucha atención.

–Además, ¿cómo vas a explicar el hecho de que has besado a un miembro de tu santa familia, señor manipulador?

–Fue un beso amistoso, malinterpretado debido al

estilo de la foto. Habíamos cenado con unos amigos y yo te acompañaba de vuelta al *palazzo*.

Ava abrió la boca y lo miró fijamente. Era bueno. Debía de ser la práctica.

–Te vas a quedar conmigo, como debe ser, y mañana nos iremos al sur para reunirnos con el resto de la familia. El cumpleaños de mi madre es este fin de semana.

Ava tragó en seco. Otra reunión del clan Benedetti... Otra oportunidad para sentirse como una rueda de repuesto...

–¿Tu prometida va a estar allí?

–No tengo prometida.

Ava no pudo contener el rubor que tiñó sus mejillas.

–Va a haber un montón de gente en Ragusa el próximo fin de semana. Se hablará de esas fotos. Nadie que me conozca se va a creer esa historia. Seremos el centro de todos los cuchicheos.

–Y eso te molesta, ¿no? –le dijo ella, acordándose de aquella rubia despampanante de la noche anterior.

Gianluca se mesó el cabello.

–*Dio,* en mi familia es el primogénito el que se casa y da herederos. Es por eso que nunca llevo a ninguna mujer a Ragusa. Esto... –señaló la cama revuelta–. Cuando llegue contigo, los rumores se extenderán como la pólvora.

–No te preocupes. Tu madre me odia. Seguramente me echará estricnina y entonces cesarán todas las especulaciones.

Se hizo el silencio.

–Además, no voy a ir. Si no voy, no supondrá ningún problema, ¿no?

Capítulo 7

GIANLUCA se paró frente a la ventana y la vio subir a un taxi. Se estaba escabullendo de nuevo. Le había dicho que se vistiera y que se reuniera con él en la planta baja, pero le había ignorado.

Muy poca gente se atrevía a desafiarlo y, a pesar de los problemas que le había causado, no podía evitar admirar su determinación. Le había robado el abrigo, que le quedaba demasiado grande, y no llevaba zapatos. Durante una fracción de segundo pensó en cómo debió de ser su escapada todos esos años antes. La sonrisa se le borró de los labios.

Recordaba haberse despertado. Había buscado algo, a alguien que ya no estaba. Cuando se había dado cuenta de que se había marchado sin dejar rastro, un sentimiento desconocido hasta ese momento se había apoderado de él. Se había levantado de la cama de golpe, se había puesto la ropa de cualquier manera, decidido a ir tras ella...

Y entonces había sonado el teléfono.

Habían encontrado el cuerpo de su padre y se lo habían llevado al hospital. No había tenido más remedio que irse inmediatamente... Cuando pudo volver a seguirle la pista, ya no quedaba ni rastro de Cenicienta. Lo único que quedaba eran los zapatos que se había dejado.

Esos zapatos.

Rojos, con esas tiras complicadas...

La expresión de Gianluca se volvió dura. Se agarró con fuerza del marco de la ventana. Eran los zapatos lo que había reconocido el día anterior, y no a ella. Iba escondida bajo varias capas de ropa infame que ninguna mujer italiana se pondría jamás, sin estilo, sin elegancia, sin feminidad. Ningún hombre la hubiera mirado dos veces.

Pero él sí lo había hecho.

De repente empezó a sospechar que pasaba algo más. Los Benedetti no mostraban emoción alguna. El deber y el servicio a la nación estaban por encima del deseo personal, pero la familia siciliana de su madre, compuesta por montañeses, bandidos y sacerdotes, tenía un código de honor muy estricto. El hombre que se llevaba la virginidad de una mujer tenía que dar la cara. En otros tiempos, probablemente se hubiera casado con ella.

Gianluca se aclaró la garganta. Afortunadamente ya no vivían en aquella época. Además, él era uno de los solteros más codiciados de Roma. En una ocasión había dicho que se casaría cuando George Clooney dejara la soltería y sus palabras habían aparecido en todas las portadas unos días más tarde, fuera de contexto. Desde entonces, se había convertido en una presa muy apetecible para las mujeres más ambiciosas.

Pero Ava no parecía darse cuenta de que era un partidazo. Cada vez que tenía oportunidad huía de él. Cuando el taxi se alejó, Gianluca se dio cuenta de que tenía ganas de gritar.

Ninguna otra mujer había abandonado su cama tan rápidamente y sin hacer ruido.

Había escapado de él como si el diablo le pisara los talones.

De repente sintió que algo primitivo se revolvía en

su interior. Ava Lord se iría de su vida cuando le diera permiso. La idea era arcaica, pero no iba renunciar a aquello que le pertenecía.

Sentada en la parte de atrás del taxi, Ava dejó de pensar y buscó el teléfono en el bolso.

No era más que una pequeña investigación. No estaba siendo indiscreta. Solo quería protegerse. Tecleó su nombre en la herramienta de búsqueda.

Leyó las primeras entradas. Se preguntaba qué había sido de su carrera deportiva. Parecía que la faceta futbolística había sido reemplazada por una intensa vida empresarial.

El negocio de la familia... Eso era todo. Él era un Benedetti y llevaba las finanzas en la sangre. El clan siempre había tenido bancos. Benedetti International, en cambio, era una entidad relativamente nueva, pero ya dominaba los mercados.

Un poco sorprendida ante tanto descubrimiento, presionó algunas imágenes. Con un dedo tembloroso pasó fotos sucesivas en las que aparecía en estrenos de películas, fiestas, eventos deportivos, un partido de polo en Bahrain, una boda real... En casi todas las fotos estaba acompañado de una chica preciosa con un vestido provocativo.

Parecía que no tenía un tipo concreto. Algunas eran altas, otras bajas, delgadas, con curvas... Ava apretó los labios.

Las mujeres. Le gustaban las mujeres, y en grandes cantidades. Sería una de esas quien recibiría una propuesta de matrimonio, con el anillo de compromiso y toda la parafernalia. A Gianluca Benedetti le gustaba ser el mejor en todo. La chica se llevaría el pack completo. Seguramente se llevaría a una de esas bellezas a Las Bahamas, se sacaría un pedrusco enorme del bolsillo y le daría una serenata con una orquesta de cuerda entera. Ava cerró el teléfono de golpe. La chica lo tendría todo, pero nada le garantizaba que su marido no fuera a irse tras la siguiente falda que pasara por su lado. Incluso Bernard, a pesar de ese carácter pusilánime que tenía, le había hecho lo mismo.

Bernard.

Le había conocido a los veintinueve años. Cada vez que tenía que asistir a algún evento él la acompañaba y así se había salvado de tener que presentarse sola. Poco a poco la gente había empezado a verles como pareja y el arreglo les había convenido a ambos. La chispa inicial entre ellos no había sido gran cosa, pero tenían una buena amistad sobre la que cimentar la relación. Sin embargo, Ava siempre había sabido que si él la dejaba, no acabaría con el corazón roto. A lo mejor lo de Roma había sido su escapada particular. Quizás sabía que así le pondría contra la espada y la pared.

Ava bajó la ventanilla del taxi y dejó que el aire la golpeara en la cara. El tráfico de la mañana era denso. Cerró los ojos. Por una vez haría lo que su padre le decía siempre cuando le preguntaba por qué no vivía ya con su madre y con ella.

«Sé una chica dura. No hagas preguntas estúpidas y no obtendrás respuestas estúpidas».

Ya se había hecho suficientes preguntas estúpidas ese día. Cuanto antes se alejara de Su Alteza, mejor le iría en la vida.

Ya en la suite del hotel, Ava se dio una ducha y empezó a meter la ropa en la maleta. Tenía media hora para abandonar la habitación. Estaba convencida de que hacía lo correcto, pero algo la inquietaba de todos modos. Josh no quería verla. No la necesitaba. Se lo había dejado muy claro siete años antes y desde entonces se había comunicado tan poco con ella que ya ni siquiera la llamaba en los cumpleaños.

Siete años antes, en esa misma ciudad, le había dicho que creía que estaba cometiendo un gran error al casarse tan joven, teniendo toda una vida por delante. Y él, por su parte, le había dicho que había huido de Australia a los dieciocho años de edad para escapar de ella, de su férreo control. Le había dicho que podía guardarse sus consejos y que no sabía nada del amor porque la única cosa que le importaba de verdad era su cuenta bancaria.

«Si alguna vez encuentras a un hombre que quiera quedarse a tu lado, será por tu dinero. Vas a terminar siendo una vieja ricachona, decepcionada y solitaria».

Las palabras de su hermano resonaron en el aire.

Ava cerró la maleta haciendo mucho ruido. Alguien llamó a la puerta de pronto. Debía de ser el servicio de habitaciones con el desayuno.

–¡Está abierto! –exclamó. La voz le temblaba un poco todavía. Los recuerdos eran fantasmas que no querían marcharse.

–Deberías tener más cuidado, *bella.* Esta ciudad no es segura para una mujer sola.

Gianluca entró antes de que pudiera darle con la puerta en la cara.

–Me alegra ver que has hecho la maleta. Pero tienes que ponerte algo más de ropa.

Ava reprimió un grito de exasperación.

–¿Cuánto equipaje necesitas? No tengo mucho sitio en el deportivo.

–No voy a ningún sitio contigo –le dijo, aspirando su aroma exquisita. Estaba tan cerca.

Estaba impresionante con esa camisa desabotonada hasta el pecho y la chaqueta deportiva. ¿Cómo podía tener tanto estilo y parecer tan masculino al mismo tiempo?

Ava cruzó los brazos sobre sus pechos traidores. Podían delatarla en cualquier momento.

–Vamos –dijo él, sonriéndole. Le pellizcó la barbilla–. Ya basta de juegos, Ava. Nos vamos ahora.

Ella se soltó bruscamente. El gesto implicaba una intimidad que no quería.

–Esto no es un juego, Benedetti. Tengo un coche alquilado. Y quiero ver La Toscana.

–El lunes.

–¿Disculpa?

–Te llevaré yo mismo. El próximo lunes. Pero primero tienes que hacer lo que hay que hacer, ¿sí? Unirte a la familia.

–A tu familia. No a la mía –Ava sentía algo en el pecho. Había conocido a los Benedetti siete años antes y todos la habían despreciado.

–Depende –dijo él, quitándole un mechón de pelo húmedo de la cara como si tuviera todo el derecho a tocarla.

Ava trató de esquivar su mano, pero él le sujetó un rizo rebelde detrás de la oreja.

–Tu hermano tiene problemas económicos con los viñedos.

Ava dejó de intentar esquivarle. Por fin había logrado captar su atención.

–¿De qué estás hablando?

–Tal vez tenga problemas en su matrimonio por culpa de esto.

Ava frunció el ceño. No quería sentir el roce de sus dedos en el cabello, pero era inútil. Tenía que hacerle parar.

–Tu presencia podría... ¿Cómo se dice? Podría ser el remedio que necesitan.

–¿Tiene problemas con su esposa?

Gianluca apartó la mano y recogió su maleta.

Ava digirió la noticia y trató de no acordarse de lo mucho que había intentado prevenir a su hermano.

Él la necesitaba. Eso era lo único que importaba en ese momento.

Se tocó el pelo allí donde la había tocado Gianluca. De repente La Toscana dejó de ser importante.

–¿Por qué iba a creerte?

Él se limitó a levantar la maleta de la cama.

–Ve a vestirte, *cara.* Nos vamos en diez minutos.

La estaba esperando fuera, apoyado contra esa imponente máquina en la que le había visto unos días antes.

Parecía que acababa de salir de *Gentleman's Quarterly*, más de metro ochenta de pura exuberancia italiana.

Colgándose el bolso del brazo, Ava se obligó a seguir adelante y dejó de mirarlo. Era un hombre impresionante, pero si llegaba a saber el poder que tenía sobre ella, sin duda lo usaría en su contra.

–Bueno, terminemos con esto de una vez –le dijo.

Gianluca se la quedó mirando.

Ava se llevó una mano a la cabeza y se tocó la coleta.

–¿Qué estás mirando?

–¿Por qué vas vestida como un hombre?

–¿Vestida...? –repitió, convencida de que no le había oído bien.

Él la miraba con el ceño fruncido. Sí le había entendido bien.

La expresión de Gianluca Benedetti era de auténtica perplejidad. Ava solo deseaba que la tierra se abriera y se la tragara sin más.

–No creo que te hayas hecho lesbiana, ¿no?

Ava no daba crédito a lo que acababa de oír.

–Sí –dijo, levantando la barbilla–. Eso es exactamente lo que soy. Una lesbiana marimacho incorregible. ¿Podemos irnos ya? Cuanto antes empecemos con esto, antes terminaremos.

Él le abrió la puerta.

–Puedo hacerlo yo sola, ¿sabes? –le dijo ella, subiendo al vehículo.

Él cerró.

–Y eso también puedo hacerlo –murmuró Ava, metiendo el bolso entre las piernas. Se ajustó el cinturón de seguridad.

Él estaba a su lado, pero no parecía tener intención de arrancar el coche.

–Pensaba que teníamos mucha prisa –dijo ella, más rígida que nunca.

Aunque no quisiera, había empezado a sentirse incómoda con sus pantalones negros y la blusa blanca de seda de cuello alto.

Pero su ropa no tenía nada de malo. Eran prendas prácticas.

Lo miró de reojo con disimulo. Parecía que acababa de desfilar en una pasarela en Milán. Ava se imaginó a la mujer que le acompañaría en esa pasarela; elegante, muy delgada, alguien que no le tendría miedo al color...

Se tiró de las mangas. Por lo menos la blusa de seda

no se arrugaba, y los pantalones negros eran perfectamente respetables. Le disimulaban el abdomen y el trasero. Tenía doce pantalones iguales colgados en su armario. Una mujer que no fuera tan delgada como una percha se veía obligada a disimular las curvas.

Gianluca Benedetti, en cambio, tenía un cuerpo digno de un atleta romano. Llevara lo que llevara, siempre le sentaría bien.

–¿Por qué no nos movemos? –le preguntó, sin mirarlo.

–Te he ofendido –dijo él de repente.

–No te preocupes.

–No estoy acostumbrado a ver a las mujeres con pantalones –dijo, escogiendo muy bien las palabras–. No debería haber cuestionado tu feminidad por la ropa que tienes en el armario.

Ava sintió un vacío en el estómago.

–Estás dando por sentado que a mí me importa lo que pienses –le dijo, mintiendo. De repente querría haber llevado una falda en ese momento, pero no tenía una.

Se volvió. Él estaba cerca, demasiado cerca. Podía ver dónde se había afeitado esa mañana, el arco de Cupido de su labio superior... De repente sintió unas ganas tremendas de besarlo.

–Sé que tratabas de insultarme, pero no tendrías que haberte molestado. Estás perdiendo el tiempo. Lo que estoy a punto de decir te va a sorprender, pues imagino que ninguna mujer te lo habrá dicho nunca.

–Podrías tener razón.

–Pero no me da miedo la verdad. Me gusta hacerle frente a las cosas.

–Adelante –le dijo él, casi con condescendencia.

Ava hizo acopio de todo el valor que le quedaba. No

estaba siendo agradable con ella. Simplemente estaba alerta, a la expectativa, esperando el ataque para entonces arremeter contra ella.

–Lo cierto es que solo eres una cara bonita con un montón de dinero y un gran afán de control, así que las mujeres te dejan hacer y deshacer a tu antojo. Yo no lo he hecho, y no te gusta.

–¿En serio? –le sonreía como si pudiera leerle la mente.

Ava apartó la vista. Cruzó los brazos.

–En serio.

Capítulo 8

GIANLUCA se detuvo delante de la entrada circular y bajó del coche con toda la energía y la decisión que Ava no tenía en ese momento.

Ella temblaba, de pura frustración. Sus propios sentimientos parecían tan complejos de pronto. Bajó del vehículo también.

–¿Por qué me has traído de vuelta?

–Es mi casa.

–Ya lo sé –dijo ella, haciendo alarde de paciencia.

Él ya estaba subiendo la escalera.

No le daba tiempo para pensar. Ava masculló algo entre dientes y echó a andar tras él.

Ya en el enorme vestíbulo, fue consciente del elegante parquet blanco y negro bajo sus pies. La escalinata era digna de la película más glamurosa del cine italiano.

–¡Benedetti!

Él no contestó.

–¡Te exijo una respuesta! –le gritó. Su voz retumbó.

Él levantó las manos, haciendo un gesto de impaciencia muy masculino.

–¿Hay que hacer un drama cada vez que no te das cuenta de alguna obviedad?

Ava estaba a punto de decirle que ella nunca había sido dada al drama, pero se lo pensó mejor.

Corrió tras él. ¿Por qué se dirigían al piso de arriba?

–¿Cuál es la obviedad? Esto no es el aeropuerto.

–No. Es mi casa.

Ava arrugó los párpados.

–No quisiera señalar una obviedad, pero tu casa no es el aeropuerto. ¿Cómo vamos a ir a Ragusa?

Él se detuvo de repente y Ava tropezó contra su espalda, perdiendo el equilibrio. Él extendió un brazo y la sujetó. Le dedicó una sonrisa maliciosa.

Ella se apartó con brusquedad. Le fulminó con la mirada.

–En helicóptero.

–¿Helicóptero?

Una vez llegaron a la azotea de la casa, Ava contempló las aspas con pavor.

No podía subirse a ese aparato volador. Además, ¿qué clase de hombre tenía un helipuerto en la azotea de su casa? Miró a su alrededor. Desde el techo de la mansión se divisaba toda la ciudad.

–¡No me voy a subir en eso! –gritó, con el pelo alborotado alrededor de la cara a causa del viento que levantaba el movimiento de las aspas.

–Demasiado tarde, *dolcezza*. Tenemos una cita en Ragusa y esta es la forma más rápida de llegar.

El ruido ensordecedor de los rotores puso fin a sus pensamientos. Gianluca le aseguró el arnés de seguridad.

–Ava, no te dan miedo las alturas, ¿no? –le preguntó, acercándose.

Ella sacudió la cabeza con firmeza. No era capaz de hablar a causa del miedo.

–¿Te mareas?

–No –dijo ella, asfixiándose.

Él la miró fijamente, levantó una mano y le acarició el cabello.

–*Bene.*

Cuando se acercó para ponerle el casco, ella se lo quitó de las manos con rabia.

–No soy una completa inútil, ¿sabes? Sé montar en bici.

El piloto, que iba a su lado, dejó escapar una risotada y masculló algo en italiano. De repente, Ava se dio cuenta de que el hombre le estaba dejando los mandos a Gianluca.

–¿Vas a pilotar tú?

–Un hombre debería probarlo todo alguna vez, *cara.*

Ava trató de calmarse. Verdaderamente lo intentó. Pero en cuanto el aparato se elevó en el aire, su corazón latió a toda velocidad.

A sus pies se extendía Roma en toda su gloria. Las manos de Gianluca asían con firmeza y pericia los mandos del helicóptero. Y allí estaba ella... Ava Lord, una chica corriente a la que nada extraordinario le pasaba en la vida, a menos que lo hubiera planeado y organizado con antelación.

–Es genial, ¿verdad?

Él la miraba con esos ojos hipnóticos.

Ava no sabía qué decir sin que pareciera una estupidez. Se sentía como una niña pequeña que monta en una montaña rusa por primera vez. Él dejó escapar una risotada al ver su expresión de asombro.

–¿Dónde aprendiste a pilotar?

–En la *Marina Militare.*

Eso no se lo esperaba.

–¿Has estado en el ejército?

–Sí.

–Pero... –empezó a decir y luego se detuvo.

¿Acaso no podía tener una vida más allá de lo que ella había imaginado?

–¿Antes o después de ser estrella del fútbol?

–Jugué al fútbol profesional durante cinco minutos, *cara*. He hecho muchas más cosas en la vida.

–Imaginaba... –se detuvo de nuevo. Contarle lo que había tenido en la cabeza durante siete años no era buena idea. Era algo demasiado personal y revelador.

–Ah, sí, esa imaginación tuya.

Le agarró la mano de repente y le acarició la palma con el dedo pulgar. Ava sintió chispas que le subían por el brazo.

–¿Qué has estado imaginando, Ava?

–Nada –dijo ella de inmediato–. No tengo imaginación.

¿Qué sabía él de su vida? Se había dejado la imaginación por el camino muchos años antes, cuando era niña y se había dado cuenta de que la vida no iba a ser como la imaginaba.

No le había quedado más remedio que enfrentarse a la realidad y un día la gente había empezado a colgarle la etiqueta de «aburrida y sosa». Siempre era la chica nueva que nunca entendía las bromas, la que no hacía amigos, la que siempre llevaba la misma ropa fuera de moda. Pero todo eso daba igual. Estaba demasiado ocupada trabajando media jornada y obligando a su hermano a hacer los deberes. Su prioridad por aquel entonces era mantener un techo sobre sus cabezas y no tenía tiempo para la vida adolescente.

Retiró la mano de golpe y él la soltó.

–¿Cuánto tiempo estuviste en el ejército?

–Dos años. Piloté un Apache en tres misiones en Afganistán.

–¿Volaste en zona de guerra?

–Sí. Era un escuadrón de rescate.

Ava se llevó una gran sorpresa. Jamás hubiera esperado oír algo parecido.

–¿Por qué...?

–¿Por qué me alisté? Me gusta volar –dijo, encogiéndose de hombros–. Me gusta ponerme retos. El ejército tiene el mejor equipo del mundo. Quería probarlo.

–Bueno, esa es la peor razón que he oído para alistarse en el ejército.

–Hay razones peores –dijo. Su rostro se volvió sombrío de repente–. Además, ¿qué sabré yo? Solo era un jugador de fútbol tonto.

–No creo que hayas sido un tonto en ninguna de esas facetas de tu vida. Lo dudo mucho, teniendo en cuenta todo lo que has conseguido. ¡Y todavía no has cumplido los treinta y uno!

–Fui un jugador tonto con mucha suerte.

Ava trató de no mirarlo.

–¿Entonces al final te uniste al negocio de tu padre?

Él la miró de nuevo.

–Recuerdas muchas cosas para ser una mujer que quiere olvidar.

Ava sintió el rubor en las mejillas.

–No me uní a nada. Cuando dejé el ejército, la banca Benedetti estaba muerta.

–Pero tú tenías contactos, ¿no?

Él se rio, tanto que Ava se sintió culpable por sacar el tema.

–No saqué nada más que un Maserati, y lo vendí. Invertí en el negocio de astilleros de un amigo y seguí a partir de ahí. El capital de riesgo no es cosa fácil y la mayor parte de la gente no aguanta esa vida.

Ava lo sabía bien. Ella era una de esas personas.

–Entiendo que tú sí.

–¿Tú qué crees?

Ava no supo qué decir, así que optó por una afirmación lo más aséptica posible.

–Ya veo que has estado muy ocupado.

Él se rio a carcajadas.

–¿Qué tiene tanta gracia?

–La expresión de tu cara. Te estás poniendo seria, ¿no crees, *cara*?

–¿Disculpa?

–¿Ya estás buscando motivos para odiarme?

–No he dicho que te odie.

–Deberíamos hacer algo juntos.

Ava se vio asaltada por el recuerdo de todas esas cosas que habían hecho juntos. Un calor repentino le ruborizó las mejillas.

–¿Algo juntos?

Él le ofreció una sonrisa, como si supiera en qué estaba pensando.

–Sí. Veo que tienes mucho talento.

–¿Sí?

–La Lord Trust Company, una correduría, fundada hace cuatro años –sonrió–. Tienes unos cuantos clientes fieles.

Ava sintió que el estómago le daba un vuelco.

–¿Me has estado investigando?

–Siempre estoy buscando empresas nuevas para añadir a mi cartera, así que si tienes en mente ampliar el negocio...

Ava bajó la vista. Le miró las manos, tan seguras sobre los controles del aparato. Recordó esas mismas manos, siete años antes, sobre su propia piel.

–¿Ava?

Ella parpadeó, aturdida. Él sonrió.

–¿Cuándo me has estado investigando?

–Esta mañana, mientras tomaba el café.

–Curioso. Yo hice lo mismo contigo.

–¿Y qué descubriste?

–Suficiente. Pero no todo.

La sonrisa de Gianluca se borró.

–Benedetti International es una empresa muy grande, *cara.* Incluso yo tengo problemas cuando intento mantenerme al corriente de todo.

Ava se mostró escéptica. Gianluca Benedetti era un hombre que sabía lo que hacía en todo momento, y lo mejor que podía hacer era tenerlo bien presente.

El terreno montañoso que estaban sobrevolando en ese momento estaba dando paso a un paisaje costero. Ava miró por la ventanilla. Los acantilados eran sobrecogedores y caían al agua en picado.

Había visto muchas fotos de la costa de Amalfi, pero jamás había pensado que fuera un sitio tan hermoso en la realidad.

–Es precioso. ¿No?

–Sí, precioso. Ojalá... –se detuvo y sus miradas se encontraron.

–¿Ojalá qué?

¿Qué era lo que quería? Demasiadas cosas. Sus deseos caían sobre ella como un enjambre de abejas aturdidas.

–Espera –dijo él de repente y empezó a descender.

Ava se dio cuenta de que estaban bajando muy cerca de la cima de una montaña. Estaban demasiado cerca. El pulso se le aceleró.

Justo debajo de ellos había un helipuerto situado junto a un pequeño bosque de pinos.

Lo inevitable se hizo evidente: su deseo se iba a hacer realidad.

Iban a aterrizar.

Capítulo 9

EL MOTOR se apagó y las aspas dejaron de girar poco a poco. Gianluca se quitó el casco y se desabrochó el arnés de seguridad con la misma destreza.

–¿Qué pasa? ¿Qué estamos haciendo aquí?

–Tengo una reunión que debería haber tenido en Roma hoy. He decidido hacerla en Positano.

Ava se quedó boquiabierta.

–¿Qué?

Gianluca ya estaba bajando del helicóptero. La había dejado atada con el arnés a propósito. Más frustrada que nunca, Ava empezó a tirar de los cinturones, pero lo único que consiguió fue enredarse más.

Sabía que estaba exagerando, pero sus propios deseos le parecieron más peligrosos que nunca en esa nueva situación.

–No era esto lo que acordamos –le dijo, al verle acercarse de nuevo.

–Relájate, *cara.* Lo más duro ha terminado.

Un poco sorprendida de que hubiera sabido reconocer su miedo a las alturas, cuando había intentado esconderlo tan bien, Ava se mantuvo quieta para que pudiera soltarla. Quería apartar la mano que le ofrecía, pero caerse de bruces no era una opción, así que no tuvo más remedio que aceptar su ayuda.

No supo muy bien cómo ocurrió, pero al bajar tropezó hacia delante y cayó contra él, precipitándose contra su poderoso pectoral. Él apoyó las manos en sus caderas.

–El hotel de aquí es de un amigo mío.

Ava trató de soltarse, pero así solo consiguió frotarse contra él.

–Nos relajamos un poco, disfrutamos de la oferta turística, me cuentas algo de ti y seguimos, ¿de acuerdo?

Ava se estremeció al sentir sus manos en la cintura.

–Siete años es mucho tiempo, Ava –dijo, mirándola–. Tenemos que ponernos al día.

Ava sintió que el corazón se le paraba un momento. ¿De qué estaba hablando? ¿Había oído bien?

Contuvo el aliento. ¿Qué estaba haciendo con la mano? De alguna manera la camisa se le había salido de los pantalones, y sentía sus dedos por dentro. Sintió la presión de la palma de su mano en la cintura, en la cadera. Estiró los dedos hasta tocarle las costillas. Ava contuvo el aliento. Sus pezones se endurecían, expectantes.

–¡Para! –susurró.

Dos hombres se aproximaban por la colina. Sus voces sonaban cada vez más fuertes. Gianluca la soltó y se volvió para atenderles como si no pasara nada extraordinario.

Le oyó dar instrucciones en italiano. Era algo referente al equipaje.

–Oh, Dios mío –exclamó Ava para sí cuando se dio cuenta de que seguía allí parada, como una tonta, con la camisa revuelta.

Fue hacia él y se detuvo a un metro de distancia, de brazos cruzados.

–¿A qué te crees que juegas, Benedetti?

Él la miró de arriba abajo, como si todo en ella le resultara divertido. De repente Ava se dio cuenta de que le estaba mirando la camisa, justo allí donde no se la había metido bien por dentro del pantalón.

Se la colocó rápidamente con la mano que tenía libre.

–Me alegra ver que el vuelo no te ha quitado todo tu encanto –observó él con una sonrisa–. Pero la próxima vez que te arrojes a mis brazos avísame antes, y trataré de prepararlo todo para que no tengamos público.

Ava miró a los hombres que se estaban haciendo cargo del equipaje.

–Yo no me arrojé a tus brazos.

Gianluca ya había echado a andar.

–Pensaba que la idea era ir de A a B lo más rápido posible.

–Esta es la forma más rápida posible. Yo termino con lo que tengo que hacer. Tú te relajas un poco. Y nos hacemos compañía.

–¿Compañía?

Gianluca se encogió de hombros.

–Mi hermano... –dijo ella, intentando mantenerse a su lado.

–Hace veinticuatro horas tu hermano te importaba tan poco que te negabas a contestar a sus llamadas.

Ava lo miró, horrorizada.

–¿Cómo sabes eso?

–Y sé más. Nunca tuviste intención de verle. No puedo evitar preguntarme si este deseo repentino de verle tiene algo que ver conmigo.

Ava estuvo a punto de atragantarse.

–Y, como ya te he dicho... –Gianluca se detuvo de golpe y Ava casi se tropezó de nuevo. Se volvió hacia ella–. Estoy encantado de darte alojamiento.

–¿Darme alojamiento?

–Mi inglés... –se encogió de hombros, pero Ava vio un resplandor burlón en esos ojos de oro.

Le siguió a través de un jardín sureño por un camino de arena que se hacía cada vez más estrecho a medida que zigzagueaba entre los árboles.

–No sé por qué pensaste que te dejaría salirte con la tuya –le dijo ella, alzando la voz para que pudiera oírla.

Él siguió adelante por el sendero, moviéndose con esa gracia que Ava solo podía envidiar.

–Traerme aquí como si fuera una especie de concubina.

–De verdad que tienes que controlar esa imaginación tuya. Tengo una reunión.

–Y yo ya te he dicho que no tengo imaginación. Eres increíble. Tienes una reunión. ¿Y qué pasa con mis reuniones? ¿Con mi vida? ¡Todo se ha quedado en suspenso!

–Estás de vacaciones –Gianluca se volvió y Ava trató de no dejarse atrapar por esos ojos cálidos.

–Sí, mis vacaciones. Y tú eres un Neandertal si crees que me puedes secuestrar así como así.

–Ya es la segunda vez que me comparas con nuestros ancestros.

Ava se sintió un tanto incómoda. Nunca pensó que realmente prestara atención a sus insultos.

–Me pregunto por qué. Tengo un look muy contemporáneo.

–Sí. Ya veo –dijo ella.

Él arqueó una ceja.

–Te comportas como... un césar romano. Has echado por tierra mis deseos desde el momento en que nos conocimos. Criticas mi ropa, como si estuviera obligada a vestirme para los hombres por ser mujer.

–No tienes que hacerlo. Eso está claro.

Ava le ignoró.

–Anoche te comportaste como si hubiera cometido

un crimen al decirte que nos... –Ava buscó la mejor descripción posible para esa noche que jamás había olvidado–. Conocimos siete años antes.

–Me gusta ser cauteloso.

Ava resopló.

–Estoy segura de que te encuentras con depredadoras todo el tiempo. ¡Qué pena que yo no sea una de ellas!

–Sí. Tendríamos menos problemas ahora.

Ava frunció el ceño y se detuvo. No sabía si había un insulto en ese comentario, o un cumplido subrepticio, pero sí le estaba dejando claro cuál era su tipo de mujer.

–Siento pena por ti –le espetó–. Nunca sabes si una mujer está interesada en ti o en tu cuenta bancaria.

Él se encogió de hombros.

–Y eres un promiscuo. Me das lecciones, pero tú, Benedetti, eres un playboy de la peor calaña. Tratas a las mujeres como si fueran objetos. Esa mentalidad pasó de moda en los setenta, cuando Sean Connery hacía de James Bond.

–Connery siguió haciendo de Bond en los ochenta –afirmó él y le dedicó una sonrisa carismática por encima del hombro.

Estaban llegando a un enorme portón abierto en la pared de piedra.

–Pero, sigue. Me gustaría oír tu opinión completa sobre mí.

–No. No creo que te gustara oírla. Lo que quieres es que te halaguen. A todos los hombres les gusta.

–¿A todos los hombres? ¿Y esto me lo dices desde la amplia experiencia que tienes con los de mi sexo?

Ava miró a su alrededor, buscando una piedra. Necesitaba una muy grande para hacerle daño cuando se la lanzara a la cabeza.

Él se volvió. Cruzó los brazos sobre el pecho.

–Háblame de esos hombres.

De repente Ava deseó haberse acostado con cien hombres distintos. Ojalá hubiera aprovechado mejor los siete años anteriores. Apretó los dientes.

–No sé cómo te atreves a juzgar mi vida sexual, si la tuya no es algo de lo que puedas estar orgulloso.

Él hizo un gesto con la mano, como si no tuviera ni idea de lo que estaba diciendo.

–¿Ah, no?

En realidad Ava no lo sabía. No sabía nada de él, excepto cómo la hacía sentir. En su presencia se convertía en una mujer insegura, desinhibida, un tanto loca, apasionada...

Sus pensamientos se detuvieron abruptamente.

–Es evidente que estás orgulloso de tu reputación. Crees que acostarte con muchas mujeres te hace más hombre, más macho, pero no es así. Lo único que consigues con ello es respetarte poco.

Él la había observado con atención durante todo el discurso con una sonrisa juguetona en los labios, como si estuviera viendo un programa de entretenimiento. Sus últimas palabras, sin embargo, sí dieron en la diana. La sonrisa se le borró de los labios y sus facciones se endurecieron. Ava se dio cuenta de que había apretado los puños de forma inconsciente.

–Sí. Me respetaré poco, pero todas están encantadas de levantarse la falda y batir las pestañas.

Fue hacia ella.

–Si no recuerdo mal, tú hiciste esas dos cosas anoche –le susurró–. Y, sin embargo, yo te rechacé.

Sus palabras la atravesaron como un estilete.

–Bueno, qué suerte la mía. Estuve a punto de caer.

Él inclinó la cabeza hacia ella. Su aliento le hacía cosquillas en la oreja.

–No te creas, *cara*.

Se dio la vuelta bruscamente y abrió el portón. Parecía furioso de repente. La puerta chirrió y se abrió de golpe. Al otro lado había una calle bien iluminada. Gianluca salió y la esperó al otro lado.

La luz del sur era intensa y cegadora. Ava parpadeó varias veces. Hacía calor, pero ella tenía frío. Las palabras de Gianluca retumbaban en su cabeza.

–Yo no me estaba insinuando. No batí las pestañas, ni tampoco me levanté la falda.

–Lo que tú digas.

–Puede que anoche estuviera borracha, pero me acordaría.

–Sí. Lo estabas.

–¿Qué?

–Borracha.

–¡Oh, y tú te comportaste como todo un caballero! Claro.

–Sí.

Habló con tanta ecuanimidad que Ava se estremeció por dentro. Realmente no quería oír lo que vendría después. Le vio avanzar por el camino zigzagueante. A lo lejos se divisaban las copas de los pinos y el mar más azul que había visto jamás. Pero lo único que Ava quería en ese momento era agarrarle y sacudirle con fuerza y... demostrarle que había algo entre ellos.

¿Pero por qué quería hacer eso? ¿Acaso tenía razón él? ¿Estaba allí porque quería pasar más tiempo con él?

–Yo no me aproveché de ti –le repitió Gianluca–. Y, sin embargo, tú sigues quejándote como si te hubieras llevado una decepción. No puedes tener las dos cosas. O bien intentaste valerte de esta reputación mía de la que hablas, o de lo contrario bebiste tanto alcohol que al final te daba igual todo. Ninguno de los dos escenarios posibles dice mucho a tu favor, pero, adelante. Escoge uno y nos ceñiremos a esa versión.

Ava se le quedó mirando, boquiabierta. El sol la quemaba de repente.

Apuró el paso para alcanzarle.

–Las cosas no fueron así. ¡Acabas de tergiversarlo todo!

Gianluca se encogió de hombros. Era evidente que se estaba aburriendo.

–Ya no estoy interesado en nada de esto, Ava. Si quieres justificar tu propio comportamiento, vete a hablar con un psicólogo. ¿No es eso lo que hacéis las mujeres como tú?

–¿Las mujeres como yo?

–De vidas frenéticas, con mucho tiempo libre y unas necesidades sexuales sin satisfacer.

Ava asimiló la opinión que tenía de ella. Estaba mal. Todo estaba mal.

Sin embargo, en ese momento pensó que tal vez podría tener razón.

Playboy, mujeriego...

¿De dónde había sacado todo eso?

Gianluca abrió las puertas de par en par.

«Levantarse la falda y batir las pestañas...»

Había oído esas palabras antes, pero no había sido él quien las había pronunciado. Las había gritado su padre, con tanta fuerza que la cara se le había puesto morada. Su saliva golpeaba la pared. Habían pasado siete años, pero parecía un siglo.

Iba a firmar un segundo contrato con el equipo italiano y no tenía intención de hacer el servicio militar. Estaba en la cima de la fama y el éxito, y se acostaba con todas las mujeres que se le antojaban.

¿Habían empezado entonces los dolores? ¿Ese color extraño había sido el primer síntoma? ¿Debería haberle rodeado con el brazo en aquella ocasión? ¿Debería haber llamado al médico?

La culpa jamás desaparecería. Y Ava Lord había removido los recuerdos de nuevo.

«Maldita Ava Lord».

La había dejado junto al camino. Su autocontrol corría peligro. Retiró la lona que cubría la moto. Quitó la pata y la empujó.

No era como el resto de chicas. Y él no era capaz de resistirse cuando le provocaba con su afán de pelea. Llevaba dos días enfadado, asombrado. Había caído presa de una complicada telaraña de emociones, muchas de ellas sexuales.

La deseaba con una locura hasta entonces desconocida para él, incluso vestida de esa manera horrible, furibunda y poco femenina. Por suerte, no obstante, ella parecía desconocer el poder que tenía sobre él.

Arrancó la moto. Ya casi había olvidado ese suave ronroneo. Una sonrisa se dibujó en sus labios.

Le iba a encantar. No podría pelearse con él sobre la Ducati.

–*Grazie bene. Molto bene.* Has sido muy amable.

Habiendo hecho uso de todo el italiano que había aprendido en el colegio, Ava esperó y saludó al anciano con la mano. El hombre iba de vuelta a la fundición.

Estaba de pie, bajo la luz moteada del sol, junto a una bomba de agua. Se preguntaba qué estaba haciendo

Gianluca. Seguramente había vuelto al hotel. A esas alturas debía de estar divirtiéndose con una exuberante rubia, con una bebida exótica en la mano. Quizás había enviado a algún lacayo en su busca al ver que no estaba, para no tener que dar explicaciones ante su familia.

Haciendo una mueca, Ava imitó a la rubia en su mente.

«Oh, Gianluca, eres maravilloso. Me encanta todo lo que haces. Déjame quitarme algo más de ropa».

Apretó los dientes hasta hacerlos rechinar. Tenía que velar por ella misma. Había sido un día muy largo, pero aún no había terminado. Debía aprovechar el tiempo, en vez de dedicarse a especular sobre la vida sexual de Gianluca Benedetti.

Paolo le había dicho que podía quedarse todo el tiempo que quisiera en la casa. A las cinco regresaban al pueblo y podía irse con ellos por un viejo atajo. Le había dado una jarrita de barro para que bebiera un poco de agua. Se puso a llenarla.

No tenía intención de quedarse mucho tiempo. Tomaría el camino ella sola, pero primero quería refrescarse un poco. Estaba acalorada y sudada.

Después de inspeccionar bien la zona, decidió que estaba sola y se quitó la camisa. Se echó un poco de agua en los brazos y en la espalda y también por todo el pecho. Las gotas de agua se le colaban por la cintura del pantalón. Quería quitárselo también, pero eso tendría que esperar.

De repente tomó una determinación. Cuando regresara a Sídney, quemaría esos doce pantalones iguales y saldría a cazar hombres a la primera oportunidad.

Capítulo 10

GIANLUCA no daba crédito a lo que veía. Estaba medio desnuda, echándose encima el agua de una jarra. El agua salía a borbotones de una bomba y ella se inclinaba, metiendo los brazos debajo y dejando que le cayera por la espalda. Se incorporó y se sacudió un poco.

Todo su cuerpo se meneaba. Todo se meneaba.

Gianluca echó a andar hacia ella, mirando a su alrededor en busca de pervertidos. No sabía muy bien cuál era su propósito en *ese* momento. Había ido a recogerla en la moto y llevaba media hora buscándola.

Tenía que haberle oído, pero siguió echándose agua por el cuello. Tomó un poco en las manos y se la bebió. Era demasiado. Gianluca cerró el grifo.

–¡Ey! –Ava casi se atragantó.

Él le dio la camisa de mala manera.

–Tápate un poco.

Ella se dio la vuelta de golpe y la mirada de Gianluca fue directamente hacia sus pechos. Pequeños ríos de agua corrían por su piel. Competían por ser los primeros en llegar a su sujetador de algodón. Gianluca se daba cuenta de que le estaba diciendo algo, pero no era capaz de comprender nada. La testosterona rugía en su interior. Bajando la vista un poco más, descubrió una cintura perfecta de la que nacían unas caderas anchas y poderosas. Había perdido el botón superior de esos pantalones horribles. Se le veía el ombligo y parte del abdomen. Al igual que a la mayoría de los hombres, nunca le habían gustado los vientres completamente planos. Quería tocarla, probar la suavidad de su piel... Apretó el puño.

–Para un poco, Benedetti –la oyó decir claramente.

Volvió a fijarse en sus pechos. El sujetador estaba empapado ya. Se le veían los pezones, sonrosados y turgentes.

–¡Ponte la camisa, por favor! ¡Dios!

Ava se quedó inmóvil, parpadeando sin parar como un conejo en una mirilla. Él la agarró de la mano y comenzó a meterle el brazo por el agujero de una de las mangas.

Ella se apartó bruscamente y se puso la camisa apuradamente, dándose la vuelta. Él retrocedió un poco, aturdido. Se estaba comportando como un loco. La observó mientras se ponía la camisa. Farfullaba algo... Decía que era un mojigato o algo parecido. Tenía la cabeza inclinada hacia delante y podía ver los rizos que se le formaban en la base de la nuca.

Una ternura inesperada se apoderaba de él por momentos.

Cuando Ava le oyó acercarse, el corazón le dio un vuelco. Había ido allí a buscarla. Su primer impulso fue el de cubrirse, pero entonces se lo pensó mejor. Después de todo, esas rubias impresionantes no tenían ningún problema con exhibirse. Sabía que estaba jugando con fuego, pero en el fondo quería tomarse una pequeña revancha. La había acusado de ser una mujer sexualmente frustrada, pero podía demostrarle que ella también sabía jugar a ese juego.

Él, sin embargo, la había mirado como si estuviera hecho de piedra. Siempre había creído que ese sujetador le favorecía el pecho, pero alguien como él debía de estar acostumbrado a los que desafiaban la ley de la gravedad gracias al bisturí.

Ava dejó de perseguir esa línea de pensamiento. No le era de ayuda.

–La gente de por aquí es muy conservadora –le dijo él–. No estamos en Bondi Beach, con todas esas mujeres en topless, y tampoco estamos en Positano. Este lugar forma parte de una aldea de montaña. Un poco de respeto, por favor.

Ava perdió la paciencia.

–¿Respeto? –murmuró, peleándose con los botones–. ¿Por qué no empiezas tú y me muestras algo de respeto a mí? Todo este lío es culpa tuya. Fuiste tú quien quiso dar un paseo turístico por Italia.

Se dio la vuelta de golpe y se lo encontró justo detrás, a pocos centímetros de distancia. Levantó la vista y parpadeó varias veces. Tenía una extraña expresión de satisfacción en la cara.

De repente la tomó en brazos y se la echó al hombro como si fuera un saco de patatas.

–¡Bájame! –dijo Ava, forcejeando.

Gianluca echó a andar y no la soltó hasta que llegaron a la carretera. Para entonces Ava ya había dejado de oponer resistencia. La Ducati roja estaba allí.

–¿Qué es esto?

–Transporte. Para la montaña.

Mientras hablaba, subió al vehículo.

Ava se había quedado paralizada. No estaba dispuesta a montar con él.

–Lo siento, Benedetti. Ya he estado ahí.

–Sube, Ava.

Había algo en su tono de voz que la hizo obedecer. Arrancó el motor de cuatro tiempos. La moto comenzó a ronronear con energía. Ava se acercó lentamente y subió al asiento con cuidado. No había mucho sitio. Tenía la pelvis contra su trasero, y los muslos contra sus caderas. Se agarró lo menos posible, pero en cuanto echaron a rodar, no tuvo más remedio que agarrarse con fuerza de su cintura. Lo que había debajo era puro músculo.

–La próxima vez recuérdame que tome el autobús –le comentó cuando él pisó el freno para darle paso a un coche por la angosta carretera que descendía por la falda de la montaña.

–¿Sí? Durarías cinco minutos. En cuanto abrieras esa boca exquisita que tienes, el conductor te dejaría en la cuneta.

–Cuidado, Benedetti, o me tiro. ¿Cómo vas a explicarle eso a tu madre y a Alessia?

–Créeme, *bella,* en cuanto te conozcan nadie me echará la culpa por haberte tirado por ahí.

Pisó a fondo el acelerador y echaron a volar.

–Agárrate bien –le dijo, desviándose por un camino sin asfaltar.

En cuestión de minutos el terreno se volvió abrupto.

–¡Esta no ha sido tu mejor idea precisamente! –le dijo Ava, rebotando en el aire.

–Es mucho más seguro que la carretera –le contestó él–. Y el beneficio es que salimos con vida.

–¡Con un montón de moretones en el trasero!

–Mira el lado positivo.

Dieron contra un bache y rebotaron contra el asiento con violencia.

–¡Lo has hecho a propósito!

–A veces el destino me ayuda un poquito.

Aquella pelea constante ya no era divertida. Ava estaba cansada. Se mantuvo en silencio y se concentró en no destrozarse las nalgas contra el asiento. Poco después empezó a notar que él aminoraba la marcha. La moto se estaba deteniendo. Sus movimientos eran cuidadosos. El freno, el contacto, el apoyo del pie... El silencio repentino. Ava miró a su alrededor. Contempló las rocas que se alzaban por todas partes.

–¿Y qué pasa ahora? ¿Te bajas, empujas la moto por este barranco y nadie vuelve a saber nada de mí nunca más?

Él se volvió y Ava se echó hacia atrás. Era incapaz de soltar las piernas. Estaba atrapada. Él la recorrió con la mirada, de arriba abajo.

Ava empezó a sentir un fuego abrasador en las mejillas bajo ese intenso escrutinio.

–Tenemos que sacarnos esto del cuerpo –le dijo él de repente.

–¿Qué?

–¿Cómo es el dicho australiano? Tenemos que hacerlo como conejos hasta que se pase la novedad.

Ava no daba crédito.

–¿Qué? –repitió, estupefacta.

–¿He usado mal la lengua vernácula?

–Sí. Las has usado mal –dijo Ava con un hilo de voz.

Él sonrió.

–Y te aseguro que eso no va a pasar –añadió ella.

Quiso imprimirle toda la contundencia posible a sus palabras, pero fue inútil.

De pronto él se acercó e hizo algo que le cortó la respiración. Le sujetó la mejilla con la mano, siguiendo la curva del pómulo con la yema del pulgar.

–¿Estamos de acuerdo entonces?

Ava quería apartarle, pero esa ternura repentina hizo

aflorar emociones que hasta entonces había mantenido a raya.

–Me recuerdas a uno de esos pequeños puercoespines que se vuelven una bola de espinas para protegerse. Pero debajo se esconde esa barriguita suave y aterciopelada.

–Los puercoespines son roedores –le dijo Ava–. Me comparas con una rata. No esperaba menos de ti. Claro.

–¿De qué huyes? ¿Cuál es la amenaza, Ava? –le preguntó, sin dejar de acariciarla.

Ava sintió que el corazón se le salía del pecho.

Lo miró a los ojos y él sonrió.

–Me encuentras atractivo, ¿no? No es algo de lo que tengas que avergonzarte.

Ava le apartó la mano de un manotazo. ¿Cómo podía ser tan arrogante?

–Oh, claro. Todas las mujeres tienen que encontrarte irresistible. No soportas la idea de saber que soy inmune.

–¿Inmune? Todo sería mucho más fácil si lo fueras. No tendría que soportar todos tus arrebatos de protagonismo.

–¿Qué? Yo no hago tal cosa –apartó la mirada. Sabía que estaba diciendo una mentira–. ¿Cómo puedes tener un ego tan grande?

–Creo recordar que mi ego te encantaba hace siete años.

Ava se dio la vuelta.

–¡No quiero hablar de eso!

–Sí que quieres. Es lo único de lo que quieres hablar.

–Fui una estúpida. ¡Te aprovechaste de mí!

–Tú eras la mayor de los dos –le espetó él con ese aplomo de hielo que le caracterizaba.

–¡No me puedo creer que me estés echando en cara mi edad!

Él hizo un gesto de impaciencia. Sacó una botella de agua del maletero de la moto y se la lanzó.

–¿Para qué es el agua?

–Para que te refresques.

–No he sido yo la que se ha puesto a hablar de tonterías –bebió un sorbo y se la devolvió.

Gianluca bebió sin limpiar el borde antes. Ava observó cómo se movían los músculos de su cuello. Todo era tan injusto. Quería besarlo, acariciarlo...

–Nunca me habría acostado contigo si hubiera estado bien de la cabeza esa noche –murmuró, más para sí misma que para él.

Él se quedó inmóvil.

–¿Qué?

No había querido decirlo, pero ya no podía echarse atrás. Si lo hacía, le dejaría ver demasiadas cosas.

–Ya me has oído –añadió, esquivando su mirada–. Estaba enfadada y no pensaba con claridad. Y tú te me echaste encima.

–Creo que deberías hacer un esfuerzo por recordar bien las cosas antes de empezar a hacer acusaciones.

Ava tragó con dificultad y le sostuvo la mirada.

–Fuiste tú quien se me echó encima –le dijo él, como si estuviera hablando del tiempo.

Ava se encogió por dentro.

–Lo hiciste anoche, y lo hiciste hace siete años. Parece ser tu modus operandi. Imagino que no debería sentirme halagado.

El motor de la motocicleta empezó a rugir de nuevo. Ava se agarró de su cintura con fuerza.

Él no volvió a decir nada mientras bajaban por la montaña.

¿Qué más tenían que decir?

Capítulo 11

EL HOTEL, como todo lo demás cuando se trataba de Gianluca Benedetti, no era lo que Ava esperaba. Era un sitio discreto, con encanto, y tenía las mejores vistas de Positano.

Gianluca cruzó el vestíbulo. Llevaba la camisa medio desabrochada y remangada, y tenía los zapatos polvorientos, pero aún parecía un modelo sacado de un anuncio de un perfume caro.

Ava era consciente de que ella, por su parte, parecía haber salido de la maleza.

Unas jóvenes de piernas interminables se echaron a reír cuando Gianluca les sujetó la puerta de entrada. El gesto había sido completamente innecesario. Las chicas también tenían piernas y brazos. Ava observó la escena con exasperación. Una de las mujeres se paró a hablar con él. Estaba flirteando. El corazón de Ava empezó a latir con fuerza. Cruzó los brazos y miró a su alrededor. Vio el escritorio del recepcionista y se dirigió hacia allí.

–Tiene habitación, Pietro –dijo alguien en el momento en que entregaba su pasaporte.

Ava le ignoró.

–Como decía, quiero una habitación simple.

El empleado miraba por encima de su hombro. Más frustrada que nunca, Ava se volvió hacia Gianluca.

–¿Me dejas en paz?

Él se limitó a mirarla fijamente. Su expresión era de

absoluta desaprobación. Era obvio que se comportaba así por la razón más evidente. Estaba celosa.

–Lo siento –le dijo ella. Su voz sonaba rígida, inadecuada–. Ha sido una grosería.

–Ha sido un día muy largo, Ava, y tengo cosas que hacer. Un coche te recogerá mañana a primera hora para llevarte a Roma, o a Ragusa. Lo que tú prefieras.

Lo que Ava prefería en realidad era apoyar la cabeza sobre su hombro y disculparse por todas las cosas horribles que le había dicho ese día. Quería que le sujetara el rostro con ambas manos y que no mirara a otras mujeres.

Pero eso ya no iba a pasar. Y Ava se sentía demasiado cansada como para enfadarse por ello.

Ya en el ascensor, él sacó el teléfono móvil. Encerrada en ese espacio limitado con él, no podía evitar aspirar el aroma de su piel. Olía tan bien, incluso después de haber dado tantas vueltas, después del viaje. Olía a piel caliente, a hierba, a sal y también a gasolina, por la motocicleta.

Era una combinación difícil de ignorar. Ava cruzó los brazos. Estaba rígida como una estaca. Solo quería desaparecer.

Lanzó una mirada furtiva hacia el espejo de la pared. El contraste no podía ser más acusado. Él tenía razón. Esa ropa no la favorecía en absoluto. ¿Cuándo había empezado a vestirse así? ¿Cuándo había decidido borrarse del mapa llamando la atención lo menos posible? Bernard le había dicho que una mujer de su posición, con su figura, debía tener cuidado. Y eso era lo que había hecho desde entonces: tener cuidado. Blusas de cuello alto, nada de faldas, nada que llamara la atención sobre su feminidad. No era de extrañar que a Gianluca le diera igual que estuviera en Ragusa, en Roma, o en cualquier otro sitio. Al llegar a la planta en la que se alojaban, Gianluca introdujo el código para abrir la puerta y se apartó para dejarla entrar.

Ava esperaba algo como el lujoso deportivo que conducía; el último modelo, llamativo, pura ostentación, la marca Benedetti.

Sin embargo, aquel hotel no podía ser más contrario a sus figuraciones. Parecía sacado de un cuento de los hermanos Grimm. Tenía las paredes forradas de madera, un parquet de formas caprichosas y una combinación de antigüedades y muebles modernos. Ava se fijó en los umbrales y ventanas en forma de arco. Los ocupantes de la suite sin duda llegarían a creer que estaban en otra época. De repente sintió ganas de llorar.

–¿Esta es mi habitación? –preguntó, volviéndose hacia él con una mirada franca. Se aclaró la garganta, pero lo que salió de su boca no era lo que tenía pensado decir–. Insisto en pagar mi parte.

La puerta se le cerró en la cara con un clic discreto.

Ava no se movió durante unos segundos. Nunca había sido grosero con ella antes... Sin duda debía de ser otra señal. Les había sujetado la puerta a esas chicas con una sonrisa y a ella se la había tirado a la cara.

De alguna manera consiguió llegar al cuarto de baño. Comenzó a quitarse la ropa. Las manos le temblaban sobre los botones. Como no conseguía desabrocharlos, empezó a tirar de la tela. Tampoco tenía que preocuparse si se rompía. Tenía cien más en el armario de casa.

Se quitó los pantalones y se miró en el espejo. Aunque la ropa interior era de algodón, le había costado más de lo que mucha gente ganaba en una semana. Esa mañana se había cambiado la lencería de abuela que solía llevar a favor de una prenda un poco más sofisticada.

Ava Lord era un fraude, no obstante.

Entró en la ducha y abrió los grifos. El agua comenzó a caerle sobre la cabeza. Se enjabonó con un jabón de vainilla, nada que ver con el jabón barato que llevaba en su neceser. También se lavó el pelo y esperó a que el agua caliente obrara su magia sobre sus músculos tensos.

De repente se vio asaltada por el recuerdo de unas caderas poderosas entre las piernas, esa espalda musculosa y ancha, los músculos duros como piedras.

Comenzó a sentir un hormigueo en la pelvis.

«¿Qué vas a hacer al respecto, Ava? Él cree que eres una estirada, frustrada y que necesitas a un psiquiatra».

Ava bajó la cabeza y dejó que el agua le cayera sin parar. Era inútil. Él salía con modelos y actrices. Daba fiestas privadas en locales glamurosos donde las chicas, escasas de ropa, se le echaban encima. Ella, en cambio, era de las que hacía listas mentales mientras practicaba sexo, cuando no estaba intentando disimular la barriga o esconder el trasero.

Nunca funcionaría.

Pero él también era ese hombre que pilotaba helicópteros en zonas de guerra. Era ese que había intentado aplacar sus miedos a las alturas. Era el que la había sacado de un apuro.

Trató de imaginarse a Bernard a su lado en esas situaciones. ¿Qué hubiera hecho él?

Cerró el grifo y salió de la ducha. Después de secarse el cabello y de echarse un poco de crema, fue a buscar algo de ropa limpia. Una extraña pesadumbre se apoderaba de ella por momentos.

No quería volver a ponerse otro de esos pantalones feos, así que optó por los shorts con los que dormía. En la parte de arriba se puso una camiseta ancha de algodón y empezó a desenredarse el cabello.

Pediría algo de comer, llamaría a la oficina, hablaría con su secretaria, PJ... Pero en Australia era demasiado pronto, así que tendría que encontrar otra cosa con la que mantenerse ocupada.

El resto de la tarde pasó con lentitud. La vida pasaba por delante de sus ojos, esa vida que pretendía cambiar en Italia.

Se recostó en la cama y miró a su alrededor, insatisfecha. Había estropeado las cosas, pero... ¿Era lo bastante mujer para arreglarlas?

Gianluca apenas escuchó el discurso de su abogado. Estaba en una sala de reuniones con su equipo legal y un empresario ruso, pero tenía la mente en otro sitio.

Muchas mujeres se hubieran mostrado encantadas de pasar un par de días de relax en la Riviera italiana. Para ellas hubiera sido todo un honor disfrutar de su compañía en un entorno como ese... Todos sabían que Gianluca Benedetti era un hombre generoso que consentía a las mujeres.

Muchas mujeres... Pero Ava Lord no era una de ellas.

Tenía una lengua viperina, no sabía lo que era ser una mujer y le forzaba a tratarla como si fuera un hombre. De haber sido un hombre, no obstante, a esas alturas ya hubiera estado en la calle y no en un hotel de lujo.

«Basta», se dijo Gianluca.

Había pasado demasiado tiempo pensando en ella. Había cumplido con su obligación y podía vivir con su foto en las portadas de las revistas. Al fin y al cabo estaba acostumbrado. Además, no tenían por qué volver a verse.

Estaban en Positano. Había mujeres hermosas y disponibles por todas partes, mujeres italianas, sensuales y con carácter que sí sabían cómo manejar a un hombre; mujeres que sabían cuándo desafiar, cuándo bajar las armas y dejarse seducir. Gianluca bebió un trago de vodka. El ruso, que había llegado ese mismo día para mantener una reunión de una hora, se iba a Saint Tropez esa tarde, para reunirse con su amante en su yate de lujo. Los abogados siguieron hablando.

–Vente conmigo, Gianluca –le dijo el ruso cuando terminaron las negociaciones–. Ya haremos un plan sobre la marcha, mientras cenamos.

Planes, bebida y cena, una multitud de chicas preciosas que viajaban por toda Europa con uno de los hombres más ricos de todo el mundo... El magnate era famoso por sus fiestas. Pero Gianluca no hacía más que pensar en cierta australiana refunfuñona que se parecía a Gina Lollobrigida. Se preguntó qué le hubiera dicho al millonario ruso.

Una sonrisa asomó en los labios de Gianluca de repente. Era la primera vez que se reía desde que le había acusado de ser un playboy.

No iba a ninguna parte. Lo que quería estaba en Positano.

Capítulo 12

AVA se incorporó, adormilada. Estaba en el medio de la cama y tenía en la mano una manta con la que no recordaba haberse tapado. Tampoco recordaba haberse quedado dormida. El cuerpo le dolía tanto que casi le costaba respirar. Se frotó los ojos. Claramente el día le había pasado una factura que no esperaba.

El color de la luz que entraba por las ventanas era distinto, más suave. Debía de haber pasado un tiempo considerable. Ava se quedó quieta. Había un abrigo de sport colgado en el respaldo de una de las sillas. Sobre la mesa había unas llaves y un teléfono. Sacó las piernas de debajo de la manta y escuchó con atención. Se oía el sonido del agua. Era la ducha.

Ava se levantó de la cama como un resorte. Se tocó el pelo. Trató de alisárselo como pudo. Estaba en su ducha, la ducha de los dos. ¿Acaso compartían habitación? No le había dicho nada al respecto.

«Típico, señor Benedetti. ¿Cómo iba a decírmelo usted?», pensó Ava. Sin embargo, de repente se dio cuenta de que sus sentimientos habían cambiado. De alguna forma, a medida que bajaban por esa montaña, sus emociones habían cambiado.

Y volvía a hacer lo mismo de siempre. Se enojaba consigo misma para no tener que hacer frente a sus miedos. Volvió a tumbarse en la cama. Él volvería.

Ava se mordió el labio y esbozó la más pequeña de las sonrisas.

«Piensa, Ava. Piensa. ¿Recuerdas lo que te dijo? Te dijo que estabas frustrada sexualmente. Podrías demostrarle que se equivoca. Podrías hacer que se trague sus palabras».

Solo había un pequeño problema, pero como él era un dios del sexo, a lo mejor ni siquiera se daba cuenta de ello.

El problema era que a Ava no se le daba nada bien.

El sexo.

Pero quizás tenía una oportunidad... Él tenía todas las habilidades. Podía aprovecharse de eso.

Allí estaba, en mitad de un lugar de ensueño, con uno de los hombres más sexys de todo el planeta. A lo mejor no volvía a tener una oportunidad tan buena.

Gianluca Benedetti no era de los profundos y sinceros. Sabiéndolo de partida, no tenía por qué sucumbir. Sería sexo, nada más. Solo tenía que relajarse un poco y dejarse llevar por su propio cuerpo, no por la conciencia, ni tampoco por el corazón.

Miró hacia la puerta del cuarto de baño. A lo mejor si iba a ver... Tragó en seco y se acercó a la puerta. Apoyó la oreja con cuidado sobre la madera y escuchó. Definitivamente era agua. Pero había otro sonido. ¿Estaba cantando?

De alguna manera, la idea de oírle cantar en la ducha le levantó el ánimo. No podía estar muy enfadado con ella si era capaz de seguir una melodía. A lo mejor podía asomarse y decirle... ¿Qué iba a decirle?

«Siento haberme puesto a la defensiva. Es que no sabía lo que quería, pero ya lo sé. Te quiero a ti. Te deseo tanto que me muero».

Lo peor que podía pasar era que él le dijera que no. Probablemente le diría que no. ¿Le diría que no?

La mampara de la ducha sería de cristal opaco. Ni siquiera miraría. Y si llegaba a intuir la silueta de su cuerpo por detrás del cristal opaco, tampoco sería una calamidad.

Sus razonamientos se vieron interrumpidos de una manera brusca cuando por fin abrió la puerta. El vapor la envolvió como una gruesa manta. La mampara no era opaca. Allí estaba Gianluca, desnudo, en todo su esplendor. Podía ver sus poderosos hombros, sus espaldas anchas, su trasero firme, unas piernas musculosas...

Tenía el rostro contra el chorro de agua. Se echaba el pelo hacia atrás y estaba... cantando. Su voz tenía un tono profundo de barítono, y el italiano sonaba tan sexy así.

Si se escabullía en ese momento, él nunca sabría que había estado ahí, pero no era capaz de apartar la mirada.

Ava tenía treinta y un años. Había visto a muchos hombres desnudos a lo largo de su vida... En realidad habían sido solo dos.

Él se volvió en ese momento. Tenía los ojos cerrados. Echó hacia atrás la cabeza y se enjabonó la nuca. La mirada de Ava descendió hasta llegar a su miembro. Sintió que el aliento se le atascaba en los pulmones. Gianluca Benedetti no entraba en la media. Él abrió los ojos en ese momento y le devolvió la mirada a través de una gruesa cortina de pestañas empapadas. Sus ojos fueron a parar a los pechos de Ava. Ella sabía que sus pezones la delataban. Contempló su piel bronceada, la sombra sutil del vello de su pecho, que descendía en una línea a lo largo de su abdomen duro y compacto. Su pene se hinchaba por momentos, se endurecía.

«¿Cómo puede encontrarme atractiva con mis pantalones cortos del pijama si no tengo esas piernas de palillo de las supermodelos?»

Era uno de esos puzles sin resolver, todo un misterio. Pero no había duda de que la miraba con una expresión que hubiera acabado con los complejos de cualquier mujer. Susurró algo en italiano y la agarró de los brazos. Ava contuvo el aliento. La estaba arrastrando hacia la ducha. Rodeándola con un brazo, la apoyó contra los azulejos y la besó. Fue así de sencillo. En una fracción de segundo tenía su lengua en la boca y su barba de medio día le arañaba la piel. Ava sentía que la acariciaba y la devoraba al mismo tiempo. Jamás hubiera pensado que un beso pudiera llegar a ser así.

Era grande y musculoso, como una pared que no podía escalar. Pero Ava enroscó los brazos alrededor de su cuello de todos modos.

«Arriba, arriba, arriba...»

Nunca había tenido que ponerse de puntillas para besar a un hombre y la experiencia era totalmente distinta.

Su estatura, su constitución, ese cuerpo duro y masculino... Era imposible resistirse. El agua hacía que todo fuera resbaladizo. No podía evitar ese movimiento circular de sus propias caderas. Se frotaba contra él, presionándose contra su erección.

Él la agarraba de la cintura, por debajo de la camiseta. Comenzó a quitársela poco a poco.

–*Il seno bello* –dijo, con un gruñido.

Ava fue consciente en ese momento del peso de sus pechos. Todas las zonas erógenas estaban despiertas, en alerta. Él le agarró el pecho izquierdo y comenzó a chuparle el pezón a través del algodón empapado. De vez en cuando la mordisqueaba y la hacía temblar. Hizo lo mismo con el otro y comenzó a bajarle los pantalones, buscando la curva de su trasero y apretando con ambas manos. Ava sentía cómo le caía encima el agua templada. Su boca también estaba caliente y le resbalaba sobre la piel. No podía hacer más que aferrarse a él. Le acariciaba los hombros, la espalda, el pecho. Hubiera querido tener más experiencia, ser más hábil, pero ya no había nada que hacer. Era como si hubiera pasado toda la vida jugando en un equipo local y de repente la hubieran fichado para jugar en primera división. Enredó los dedos en su cabello y le hizo levantar la cabeza. Lo besó con pasión, con abandono.

–¿Tomas la píldora? –le preguntó en italiano.

Ava asintió con fuerza y siguió besándolo.

–Preservativos –dijo él, besándola en el cuello–. Tengo preservativo. Puedo usar uno si lo prefieres.

Ella estuvo a punto de decirle que no. Y entonces se acordó. Gianluca Benedetti era un playboy del mundo occidental. Solo Dios sabría con cuántas mujeres se había acostado ese mes, y ese año. Habían pasado siete años desde la última vez que había estado en sus brazos. Había tenido algo pasajero con Patrick, y después había llegado Bernard, su novio estable y formal. Gianluca, en cambio, ya debía de haberse acostado con todas las féminas apetecibles de Italia.

Ava sintió una punzada en el pecho de repente. El pulso se le aceleró.

«No pienses en eso. Sigue adelante. Ten tu escarceo en la ducha, disfruta de lo que él tiene que ofrecerte y sigue con tu vida. ¿No es eso de lo que se trata? Deja atrás el pasado, empieza de nuevo...»

Le empujó en el pecho.

–Quiero que te pongas un preservativo –le dijo, poniendo algo de espacio.

–Sí –le dijo él.

Un segundo después volvía a tener su lengua en la boca.

Ava le empujó una vez más.

–No. Ve y póntelo ahora.

Él no contestó. Se limitó a cerrar el grifo. La tomó en brazos y la llevó al dormitorio.

La dejó en la cama y fue a buscar los preservativos. Ava se incorporó y se bajó la camiseta. De repente él dejó caer una caja vacía al suelo.

–¿No tienes? –le preguntó ella.

Gianluca dejó escapar el aliento entre los dientes y se enfrentó a su mirada acusadora. Era tan hermoso. Estaba tan excitado... Era todo aquello con lo que había soñado durante tanto tiempo.

Ava sintió una furia incontenible que pugnaba por salir.

–¡No me puedo creer que tú no tengas protección!

Él la observaba con una extraña expresión en la cara.

–Cálmate, *cara*. Haré una llamada.

Ava se quedó boquiabierta.

–¿El servicio de habitaciones provee de medios de profilaxis?

–¿Por qué no?

Ava se puso de rodillas.

–A lo mejor esto no es una buena idea.

Gianluca se quedó inmóvil.

–¿Qué es lo que ha cambiado?

Ava cruzó los brazos por encima del pecho. Tenía la ropa empapada y se le transparentaba todo. De repente todo había dejado de ser bonito y espontáneo. Se sentía expuesta y quería esconderse.

Él estaba increíble, en cambio. Le hacía temblar las rodillas y el corazón.

Ava sacudió la cabeza. Quería llorar.

¿Qué le pasaba?

Sin decir ni una palabra, Gianluca fue hacia el armario. Sacó unos vaqueros y se los puso. Tomó una camisa.

–¿Qué... qué haces?

–Espera ahí.

Ava se levantó de la cama. Él dio un paso hacia ella rápidamente y la acorraló contra su cuerpo. Le sujetó la barbilla y le dio un beso ardiente.

–Espera.

–Yo no... –no tuvo tiempo de terminar la frase.

Él ya se había marchado.

Ava oyó cómo se cerraba la puerta. Se dejó caer en la cama. No hacía más que pensar en las consecuencias, en lo que podría pasar al día siguiente... Se moría por tenerle dentro, por sentirle como lo había hecho siete años antes. Pero si lo hacía, entonces tendría que renunciar a otras cosas. El recuerdo de aquella noche estaba grabado con fuego en su memoria. Había compartido su alma con él aquel día, y eso significaba algo.

El sexo, por otro lado, nunca se le había dado bien. A Patrick y a Bernard les había decepcionado. Y las cosas podían llegar a alcanzar dimensiones catastróficas si llegaba a hacerlo con un dios del sexo como Gianluca. Todas esas ganas de sentirse sexy se habían marchitado hasta quedar reducidas a un montón de dudas y miedos. Durante un segundo consideró la posibilidad de hacer la maleta y desaparecer antes de que él regresara. Pero ya había sido una cobarde en otra ocasión... ¿Y cómo iba a hacerle frente en Ragusa el domingo si huía ese día?

No. No podía hacerlo. Había sido ella quien había empezado y tenía que llegar hasta el final. Cuando él se diera cuenta de que no era gran cosa, todo terminaría en un abrir y cerrar de ojos.

Se frotó los ojos, se quitó la ropa húmeda y se envolvió en un enorme albornoz blanco. De pronto se abrió la puerta y allí estaba Gianluca, la fantasía de cualquier mujer.

Todas sus objeciones se desvanecieron de repente cuando le vio tirar varias cajas sobre la cama.

–¿Dónde has conseguido todo eso?

–En la farmacia.

–¿Fuiste a la farmacia?

–Sí. ¿Por qué estás vestida?

–¿Tienes pensado acostarte con muchas mujeres mientras estés aquí?

–Creo que invertiré todo mi tiempo en ti, *bella* –le dijo, yendo hacia ella.

–Pero... ¿cuatro cajas? –Ava retrocedió y dio contra la pared.

–Tenía prisa.

Todos los miedos de Ava quedaron anulados. Él no había planeado nada. Cualquier hombre con un plan de seducción en mente hubiera buscado provisiones de antemano. Los tipos como Gianluca Benedetti siempre llevaban el kit básico de supervivencia de los *Playboy Scouts*.

Todos los prejuicios de Ava, no obstante, estaban cayendo uno tras otro, porque la situación no parecía rutinaria. No se comportaba como si fuera algo insignificante para él.

Ava vio desesperación en su mirada. La observaba como un depredador, a punto de caer sobre su presa. Gianluca Benedetti era una persona muy singular, y aunque hubieran estado juntos antes, siete eran muchos años. Todo había cambiado, y a lo largo de ese tiempo Ava se había enterado de que era un desastre en la cama.

Sin embargo, él había ido a buscar los preservativos. Se sentía como si hubiera salido a matar dragones por ella.

–¿Y qué pasa con tus reuniones?

–¿Qué reuniones?

Deslizó los dedos sobre su vientre desnudo y apoyó la otra mano en la pared, por encima de su hombro. Comenzó a desatarle el cinturón del albornoz y se lo abrió rápidamente. Le rozó el ombligo y siguió subiendo. Pasó entre sus pechos y continuó hasta la clavícula. Le descubrió los hombros lentamente. El albornoz bajó hasta quedar al borde de sus pezones.

–¿Sientes algo aquí? –le preguntó, frotándole la aureola.

Ava se estremeció.

–S... Sí.

¿Por qué le estaba haciendo todas esas preguntas? ¿Por qué no hacía lo que había ido a hacer sin más?

Le rodeó el pezón con la yema del pulgar. Ava se sobresaltó. Quería que usara los dientes, tal y como había hecho en la ducha. Quería que se los chupara, que los mordiera. Quería sentir cómo se contraían los músculos de sus muslos. Necesitaba que la aturdieran antes de perder la compostura. No contaba con su confianza. Y no era muy buena en la cama. Pero no podía resistirse a esa sutileza con la que la trataba.

Le quitó el albornoz del todo y la prenda cayó al suelo. Sin dejar de acariciarle los pechos, se echó hacia atrás ligeramente y la observó, como si quisiera memorizar cada curva de su cuerpo, su cintura estrecha, sus caderas, su abdomen delicado, los rizos que cubrían su sexo, escondido entre sus muslos anchos... Ava era consciente de todo eso. Y también sabía lo difícil que le resultaba estar desnuda, frente a él, contemplando su excitación.

Se obligó a mirarlo a los ojos.

–Eres perfecta –deslizó las manos sobre sus pechos, continuó bajando por sus costillas y rodeó la curva de sus caderas. Ava estaba tan cerca que podía sentir el temblor de su cuerpo.

La miraba como si fuera una diosa y eso la hacía sentir... Bien. Fuerte. Femenina.

¿Pero no debía tocarle también? No quería que la acusara de ser fría.

Bernard siempre se había quejado de eso. Decía que no participaba, y ella siempre se perdía en sus propios pensamientos. Empezaba a hacer listas, pensaba en todo lo que tenía que hacer al día siguiente. Todo comenzaba y terminaba demasiado rápido. No tenía tiempo de nada.

Apoyó las manos sobre su pecho y comenzó a desabrocharle los botones de la camisa. Al principio le tocaba con timidez, pero poco a poco fue ganando confianza. Tenía los músculos tan duros que parecían de acero. No estaba acostumbrada a esa sensación. No estaba acostumbrada a sentirse pequeña, frágil, femenina.

Él la acostó sobre la cama. Le sujetó las manos contra el colchón y comenzó a besarla. Sus besos eran lentos, meticulosos, arrolladores. La seducían más allá de la razón.

Se quitó la camisa. Ava podía sentir el roce de su piel sobre los pechos. De repente deslizó la yema del dedo sobre el contorno de su sexo, entreabrió los delicados labios e introdujo el dedo. Ava dejó de pensar.

«Oh, Dios... Se lo estoy poniendo muy fácil».

Le agarró con fuerza del cuello. No quería ponérselo fácil. No se merecía tenerlo fácil, no después de lo que le había hecho.

Sintió sus besos en la curva del cuello. Le susurraba cosas en italiano, le tocaba los pechos, le tiraba de los pezones... El tacto de sus labios era arrebatador. Gianluca gruñó al sentir sus manos sobre el pecho. Ava enredó los dedos en el fino vello y empezó a dibujar círculos imaginarios alrededor de sus pezones planos. Le besó y le lamió.

Sabía a sal, a piel de hombre. Deslizó la mano sobre su pantalón para bajarle la cremallera, pero él ya lo estaba haciendo. Se quitó los vaqueros rápidamente y se colocó encima de ella con toda la eficacia de un hombre que sabía lo que quería y sabía cómo conseguirlo.

Ava flexionó la mano sobre su miembro rígido y observó su rostro. Sus rasgos se contrajeron y se volvieron más pronunciados. Recorrió el prepucio con la yema del dedo pulgar, preguntándose si debía preocuparse o alegrarse por tu tamaño. Tenía que decirle que no siempre era capaz de abandonarse al placer, que a lo mejor le decepcionaba. Las lágrimas se acumularon en sus ojos y tuvo que parpadear rápidamente para que no cayeran. No quería que las cosas salieran mal. No quería estropearlo tal y como lo estropeaba todo. Aunque la ansiedad atravesara su mente como un tren exprés, Ava abrió los muslos para dejarle entrar, pero él no tenía prisa alguna. Le quitó el cabello de los hombros y empezó a acariciarla como si esa textura sedosa le fascinara. Le dio un beso en un pecho y continuó hasta llegar al pezón, a la curva de la cadera, a su abdomen...

–Si pudieras... –empezó a decir ella.

–Si pudiera, ¿qué, *dolcezza*? –le preguntó, rodeando su ombligo con los labios.

Ava se estremeció y se aferró a las sábanas.

–Me lleva un tiempo –le dijo casi sin aliento, aunque en realidad no le estaba llevando tanto tiempo después de todo. Tenía un corazón palpitante entre las piernas–. Tienes que hacer ciertas cosas. Me tienen que tocar de una manera... Oh.

Él introdujo un dedo en su interior, y después otro.

Ella cerró los ojos y, por un momento, se dejó llevar por las sensaciones.

Le hablaba en italiano de nuevo mientras se estremecía debajo de él.

–¿Eso es bueno?

Ava reconoció esas palabras en inglés.

–Bueno... Sí. Oh, sí –dijo, entre gemidos. Se mordió el labio. Trató de no gritar.

Las sensaciones la sacudieron por dentro. Él le acariciaba la cara. Deslizaba el dedo pulgar sobre sus labios y le hacía lamérselo.

–*Mia ragazza bella* –le dijo en un susurro–. *Lasciarsi andare.*

–Luca –dijo Ava, casi llorando de placer, y un segundo después se precipitó al vacío del éxtasis más exquisito.

Sin dejar de observarla ni un momento, Gianluca se colocó entre sus piernas. Ava podía sentir la tensión de su cuerpo. Era tan vigoroso, tan masculino. Levantó el cuerpo y enredó los dedos en su cabello.

Él la llenó poco a poco, con cuidado. Su prudencia resultaba casi tan erótica como la sensación de tenerle dentro por fin. La miraba a los ojos todo el tiempo.

–Luca... –dijo ella, suspirando.

–¿Bien, mi dulce Ava?

Ava sintió que se le hacía un nudo en el estómago. Él empujó y sus caderas encajaron. Masculló algo en italiano. Su cuerpo temblaba de lo mucho que había tenido que contenerse hasta ese momento. Ella estiró las palmas de las manos sobre su duro pectoral. Quería que la intimidad de ese momento quedara grabada en su memoria para siempre.

Durante unos instantes, todo pareció transcurrir a cámara lenta.

«No es tu primera vez. Tu cuerpo le recuerda. Tú le recuerdas».

–Ahora. Oh, Luca, ahora.

Levantó las caderas al tiempo que él se hundía más adentro en su cuerpo. No dejaba de mirarla, pero no le preguntaba si estaba bien así esa vez. La llevaba a un sitio en el que ambos querían estar y, por primera vez en mucho tiempo, Ava se dio cuenta de que no necesitaba pensar.

«Oh, Dios, me siento como si hubiera nacido para hacer esto con este hombre».

Teniéndole dentro, se sentía como si cabalgara hacia lo imposible, algo que no había sido más que un eco hasta ese momento, pero que se hacía cada vez más fuerte por momentos, recorriendo todas sus terminaciones nerviosas.

Nunca le había pasado algo parecido. Pero estaba ocurriendo. Le clavó las uñas en la espalda y se dejó llevar por esa avalancha de sensaciones que la hacían vibrar de pies a cabeza. Ondas de un placer inimaginable se propagaban por su cuerpo. Él empujó una vez más y encontró por fin el desahogo. Con un profundo gruñido de satisfacción se tumbó lentamente sobre ella.

Ava podía sentir los latidos de su corazón. Gianluca rodó sobre sí mismo y se tumbó a su lado, llevándosela consigo. Deslizó la mano sobre su muslo. Todavía temblaban y Ava podía sentir los pálpitos de su miembro dentro de su sexo.

–*Mia bella*, Ava.

Su hermosa Ava.

Y lo era.

Capítulo 13

«Y AHORA qué?»

Las preguntas aparecieron en cuanto Gianluca se levantó de la cama.

Ava le vio moverse de la cama al cuarto de baño. La musculatura de su cuerpo se movía con agilidad. Era una obra maestra andante.

El colchón parecía enorme de repente. De manera instintiva, se tapó con la manta arrugada.

¿Cómo iba a terminar con ese deseo arrollador que sentía por él? En sus brazos dejaba de pensar. Solo sentía. Y cuánto tiempo hacía que no se sentía tan bien... él le había dado el santo grial del placer sexual, un orgasmo arrollador.

«No uno, Ava, sino dos. A lo mejor tres».

¿Habían sido tres? ¿Era por eso que estaba tan... sensible?

La cama se hundió ligeramente cuando él se tumbó a su lado. Era evidente que estaba muy cómodo con su desnudez.

Ava, no podía decir lo mismo.

«Que no cunda el pánico. Solo necesitas las herramientas adecuadas para salir de la situación. Solo necesitas tiempo para asimilar lo que ha pasado. Encontrarás una solución».

Él la tomó en sus brazos de repente y deslizó una mano sobre su cabello, acariciándola, mirándola como si fuera suya y de nadie más. Empezó a decirle cosas en italiano, cosas dulces... Ava sabía que eran dulces por el tono de voz, por la manera en que le acariciaba el cuello, por la forma en que sus labios le rozaban las sienes. Su voz sonaba tan profunda, pero hablaba con tanta suavidad. La tocaba como si fuera algo infinitamente valioso.

Ava tragó con dificultad. De repente tenía un nudo en la garganta. Nadie la había tratado así. No sabía qué hacer. No podía dejar que las cosas siguieran su curso. No estaba bien. No era ella misma.

–¿Gianluca? –su voz sonaba quebradiza.

–Luca. Quiero que me llames Luca –le rozó las orejas con los labios.

Ava dejó escapar un gemido y entonces le sintió sonreír.

–¿Eso también está en el manual? –le preguntó. El corazón se le salía del pecho–. ¿Cuando metes a una mujer en tu cama ella tiene luz verde para llamarte por tu nombre secreto?

Quería enmascarar su ansiedad con una pequeña broma, pero la jugada le salió al revés.

Él dijo algo en italiano. Ava sabía que era una palabrota. Se apoyó en el codo de repente y la miró fijamente. No tenía escapatoria.

–¿Por qué haces esto?

Su tono de voz no admitía discusión alguna. El hombre que le había susurrado cosas dulces unos minutos antes se convirtió de pronto en el hombre al que había insultado.

Un relámpago de clarividencia la hizo entenderlo todo de golpe. Le había herido el orgullo con ese comentario cáustico.

–No estoy haciendo nada.

–Hablas de otra gente mientras estás en mi cama. Hablas de mí como si fuera una especie de depredador.

Ava se dio cuenta de que había puesto el dedo en la llaga.

–No pienso eso. Solo quería que fuéramos... sinceros el uno con el otro. Te comportas como si...

–¿Qué, Ava?

–Como si significara algo para ti. ¿Pero cómo va a ser así si nos conocemos desde hace unos días? ¿Y qué pasa con Donatella?

Gianluca tardó unos segundos en averiguar a quién se refería. Hizo un esfuerzo por no echarse a reír. Era evidente que para ella todo eso era muy importante. Le fulminaba con la mirada.

–Ava, nunca me he acostado con Donatella. Ella era una... ¿Cómo se dice? Un accesorio.

–¿Accesorio?

–Algunas mujeres... salen, se buscan a un hombre que les sujete el bolso... ¿Entiendes?

Ava lo miró con ojos de sospecha.

–No conozco a muchas mujeres así.

–Donatella me llevaba la bebida.

–¿Haces que una mujer te siga toda la noche por un local, llevándote la bebida?

–Es un eufemismo, Ava. No quería que me acosaran, así que opté por un mal menor, Donatella.

Ava guardó silencio. Se tomó su tiempo para asimilar las palabras. Se tumbó sobre la almohada.

–¡Debes de pensar que soy una idiota absoluta!

Se levantó de la cama, llevándose la sábana consigo, pero él no estaba dispuesto a dejarla ir así. Agarró la sábana de un lado y la dejó desnuda de un tirón. Ava no tuvo más remedio que adoptar esa famosa pose clásica. Se tapó los pechos con una mano y el pubis con la otra.

–*Cara*...

–¡No me llames eso, mentiroso!

Él se puso tenso y contempló la idea de tomarla en brazos de nuevo y meterla en la cama a la fuerza. Conteniendo la sonrisa, se levantó de la cama. Ella había retrocedido hasta la pared. Se puso el albornoz en un abrir y cerrar de ojos.

–¿Pero te crees que soy estúpida? Era preciosa. Iba casi desnuda –la voz le temblaba–. ¡No era un bolso andante!

–Un accesorio –dijo Gianluca, avanzando hacia ella con cautela.

–Tampoco era eso. ¿Es así como me vas a describir ante la próxima tonta a la que meterás en tu cama? ¿Un accesorio?

Gianluca echó atrás la cabeza y se rio.

–¿De qué te ríes?

–Ava, si no me río, acabaré estrangulándote.

–No lo entiendo –dijo Ava, más para sí que para él.

–Lo sé, *cara*.

Apoyó una mano en la pared, acorralándola. La miraba como si fuera una escultura a medio hacer y él fuera el artista, cincel en mano.

Ava se armó de valor. Esa era la consecuencia de dar rienda suelta a la fantasía, de dejarse llevar por las emociones. Eso siempre le acarreaba cosas malas. Cuántas veces se lo había dicho a Josh... Cuántas veces le había dicho que no se dejara llevar por el corazón. Casarse con una italiana de casta era un error. Iba a arruinar su vida. ¿Cuántas veces se lo había dicho?

¿Pero quién era responsable de su propia ruina? Nadie, excepto ella misma. Lo había tirado todo por la borda siete años antes, con Gianluca Benedetti.

–Lo siento –dijo, un tanto incómoda–. No debería haber arremetido contra ti.

Gianluca no la estaba escuchando. Estaba distraído, y nadie podía echarle la culpa por ello. Sentía su calor. Olía el aroma a vainilla de su piel. Conocía la suavidad de su piel y no podía olvidarla. Todas las mujeres tenían la piel suave... Por eso eran tan distintas.

Pero Ava era completamente diferente. Ella era... mejor... más dulce.

Había vuelto a la habitación con la idea de trabajar un poco hasta que ella se despertara. Iba a pedir algo de comida. Se suponía que iban a comer algo, y a hablar.

Pero al verla acurrucada en la cama, todo había cambiado. Estaba tan sexy con esos shorts ceñidos... Una parte de él quería despertarla a sacudidas y decirle que tenía tanto sentido común como un ciervo al cruzar una autopista. Los hombres podían hacerle mucho daño. Debería haberse empeñado en tener una habitación simple. Debería haberse ido a otro hotel. Debería haber vuelto a Roma. No debía confiar en él. Si hubiera sido una de sus hermanas...

–¿Me contestas a una pregunta? –le dijo, mirándola fijamente.

Ella le estaba mirando. Su expresión era pura ansiedad.

–Supongo que no tengo elección –dijo a regañadientes.

Él casi sonrió.

–Ava, siempre hay elección. Y eliges todo el tiempo. Elegiste cuando decidiste meterte en mi cama, y ahora quieres fingir que me he aprovechado de ti cuando los dos sabemos que esto era lo que querías desde el momento en que te ofrecí mis servicios.

–¿Servicios?

Se inclinó sobre ella y le susurró algo contra el oído.

–Gigolo, *escort*...

Retrocedió un poco, lo bastante para verla bajar la mirada. Tenía un ligero temblor en los labios. Estaba más deliciosa que nunca.

–¿Es esta la fantasía que quieres? –murmuró sobre esos labios–. ¿Quieres que sea todas esas cosas para ti? Porque lo haré, Ava. Seré lo que quieras que sea en esta cama. Pero no me pidas que no sea tierno contigo. No me pidas que no sea apasionado. No me pidas que finja que esto no es importante para ti.

–¿Y cómo sabes que es importante para mí?

–Porque... –enroscó un dedo alrededor del borde del albornoz–. Mi pequeño puercoespín –le abrió un poco el escote hasta destaparle los pechos–. De lo contrario, no estarías aquí hecha un ovillo de púas. Ah, mira. Ahí está –le abrió el albornoz y estiró la mano sobre su abdomen–. Tu pequeña tripita de terciopelo –dijo, sintiendo cómo se le contraían los músculos en el vientre bajo la palma de la mano.

Ava sentía que los músculos de su pelvis hacían un baile similar.

–Ya te lo dije. Un puercoespín es un roedor –masculló, gimiendo al sentir la presión de sus labios en la boca.

–No me has contestado –dijo él, mordisqueándole el labio inferior.

–Pues pregunta entonces.

–¿Por qué viniste a Rico's la otra noche?

–Quería ver si habías cambiado –Ava vaciló un poco, pero finalmente decidió ser sincera–. Quería pasar tiempo contigo.

Él no pareció sorprenderse. Le dio un beso en la comisura del labio.

–Sí, ¿y por qué crees que te traje aquí?

Le dio un beso y la hizo entreabrir los labios. Deslizó la lengua por la cara interior de su labio inferior. La sedujo a base de besos. Sus besos eran perfectos y cuando estaba dentro de ella la hacía ver las estrellas.

Ava dejó escapar un suspiro y oyó el rugido de su risa en el pecho.

Salieron a la calle a mediodía del día siguiente. Gianluca la tomó de la mano y pasó por delante de ese grupito de chicas a las que les había dedicado tanto tiempo el día anterior. Ava las miró. Solo podía esperar que su sonrisa no fuera demasiado soberbia.

Al entrar en el coche, vio su propio reflejo en la ventanilla. Tenía que comprarse ropa nueva. No había duda de ello. Había escogido su blusa más femenina, blanca, de manga corta y con cuello redondo, pero no era suficiente. Además, lo que sentía por dentro no tenía nada que ver con la mujer que aparentaba ser. El flamante deportivo negro se incorporó al tráfico. Gianluca conducía con la despreocupación por la que eran conocidos los italianos. Tenía una mano en el volante y la otra en su cabello, como si no pudiera dejar de tocarla.

El corazón de Ava latía como un pájaro que revolotea inútilmente en una jaula. Quería decirle lo distinta que se sentía. La costa de Amalfi, ir en un deportivo con su amante... Nadie la hubiera creído.

Una ola de incertidumbre la sacudió por dentro. Había tantas cosas que podían salir mal.

Gianluca Benedetti. A lo mejor no era el playboy que había imaginado en un principio. Lo miró con ternura.

–Si sigues mirándome así, no vamos a llegar a nuestro destino.

–¿Adónde vamos?

–Pensé en hacer un poco de turismo por la costa. Hay unas cuantas cosas que me gustaría enseñarte.

–A mí también me encantaría que me las enseñaras, pero...

¿Cómo iba a decírselo? ¿Cómo iba a decirle que necesitaba parar en alguna tienda para comprar algo de ropa?

–Pero...

–¿Me dejas una hora para mí?

Él la miró con ojos curiosos.

–¿No vas a salir corriendo?

–¡No! ¿Por qué piensas eso?

Él sonrió.

–Solo quería asegurarme.

Ava se relajó un poco. De repente se sentía más tonta que nunca.

–¿Dónde quieres que te deje? ¿Cuándo te recojo?

Ava se mordió el labio. Quería ropa, pero no sabía dónde buscar.

–¿Ava?

Miró hacia la calle. Vio a algunas mujeres con bolsas en las manos.

–Déjame por aquí.

Él le sonrió, como si no pudiera engañarle. Paró junto a la acera.

–¿Seguro que no quieres que te acompañe?

–Vuelve por mí dentro de una hora.

El coche se incorporó de nuevo al tráfico. Ava le vio alejarse con algo de tristeza. De repente sentía una punzada de arrepentimiento, pero tenía que hacer lo que tenía que hacer.

Las tiendas no parecían muy exclusivas, así que no tardó mucho en entrar en una de ellas. Enseguida localizó lo que estaba buscando: un vestido azul claro de seda con una capa de encaje encima. Para una chica que había crecido con vaqueros y camisetas, aquello era toda una novedad.

Sin mirar las etiquetas, salió de la tienda cargada con bolsas. Compró algunas cosas más un poco más adelante y se cambió los vaqueros que llevaba puestos. Esos pescadores blancos la favorecían tanto. Un rato después vio un deportivo que se acercaba por la calle. Levantó las bolsas y le hizo señas.

–¿De compras? Debería haberlo sabido.

–¿Qué quieres decir?

–Las mujeres y las compras.

Ava se relajó un poco.

–Oh, sí. Ya sabes. Se han hecho estudios...

Él se inclinó y la besó.

–Oh. Eso me ha gustado mucho.

–Estás preciosa.

–Compré cositas más adecuadas para una zona de playa.

Él la miraba intensamente y ella no podía apartar la vista de él. Un coche que iba detrás hizo sonar el claxon, pero Gianluca siguió mirándola.

–¿Qué?

–Estaba pensando... El otro día iba con prisa. Estuve a punto de no parar en Nero's.

–¿Nero's?

–Es una cafetería de Roma. Me hubiera perdido esto –le acarició el contorno de la mejilla, la curva de la mandíbula.

Inexplicablemente, los ojos de Ava se llenaron de lágrimas.

–Pero no me echaste de menos.

–¿Por qué lloras?

Ava dejó escapar una risotada tímida.

–No lo sé.

Sí lo sabía. Él no era ese aristócrata privilegiado y caprichoso al que se había imaginado. No era un arrogante que despreciaba a las mujeres con las que se acostaba. La cuidaba. Se hacía cargo de todo. Por primera vez en su vida no tenía que ser ella quien llevara el peso de todo.

–¿Adónde vamos ahora? –le preguntó.

Él le dedicó una sonrisa muy masculina.

–Me toca a mí sorprenderte.

Capítulo 14

NO. NO podría. No puedo. Es demasiado, Gianluca.

–Al contrario. Es perfecto –sujetó el collar contra su cuello.

Era una pieza excepcional, con turmalinas, amatistas, zafiros y diamantes.

El joyero aguardaba con discreción.

Ava, no obstante, era demasiado consciente de su presencia. Gianluca se inclinó hacia ella.

–Déjame mimarte un poco.

–No necesito que me compres cosas. Puedo comprármelas yo.

–No es por eso, Ava. Quiero hacerlo.

Ava contempló la exquisita joya un instante.

–¿No? –le preguntó él.

Lo deseaba tanto... no porque fuera hermoso, sino porque él quería que lo tuviera. Y se estaba portando tan bien con ella. No era una imposición y eso la hacía sentir tan bien.

Gianluca siempre le permitía elegir, y ese era el mayor regalo de todos después de toda una vida de lucha.

–No –le puso la mano sobre el brazo.

Él le dedicó una mirada interrogante.

–Quiero decir que sí. Sí –dijo ella por fin, sonriendo–. Quiero que me mimes. Si quieres...

Gianluca colocó la joya en su caja y el joyero procedió a guardarla.

–Pero nos lo hemos dejado –dijo Ava cuando salieron a la luz del día.

–No, *cara*, nos lo llevarán al hotel. Pensé que no querrías llevarlo encima todo el día en el bolso.

–Oh, claro que no –dijo Ava, sintiéndose un poco torpe.

Él era el primer hombre que le regalaba una joya. De repente recordó ese anillo de compromiso que había metido en la maleta. Lo había comprado en una joyería cercana a su trabajo, sola. Pensaba que era una buena idea prepararse para la proposición de Bernard...

Lo había olvidado, después de tantos acontecimientos. Una ansiedad inesperada la recorrió por dentro. No quería pensar en la mujer que había comprado ese anillo.

–Eres un sol –le dijo él de repente, rodeándola con el brazo.

A Ava no le gustaban las demostraciones públicas de amor. No le gustaba llamar la atención sobre sí misma, pero no podía negarle una caricia a Gianluca.

–Y tú –le dijo, apoyando la cabeza sobre su hombro.

–¿Soy un sol? –le preguntó, sorprendido.

–Sí. Siempre lo has sido. Recuerdo... –se detuvo. Acababa de romper la regla de no hablar sobre lo que había pasado siete años antes.

Pero ya era demasiado tarde. Él se inclinó sobre ella.

–¿Recuerdas...?

–Cuando tenías veintitrés años, cuando nos conocimos... –le tocó el pecho–. Eras tan dulce, tan agradable, tan sensible y fuerte al mismo tiempo. Me sentía segura contigo.

–Tesoro... –capturó su mano y se la llevó a los labios–. Nunca le digas a un italiano que es sensible. No lo hagas.

–Yo creo que lo fuiste, que lo eres.

–Si te sientes bien pensándolo, me alegro –le dijo él, en un tono neutral.

Ava podía sentir su reticencia. Estaba incómodo. Le acarició la barbilla. Deslizó las yemas de los dedos sobre su barba incipiente.

–Es una molestia. Tengo que afeitarme dos veces al día. E incluso así te dejo marcas.

–No –dijo Ava–. Me gusta. Yo...

De repente sintió una profunda vergüenza y no supo qué decir. Estaba en mitad de una concurrida calle, al otro lado del mundo, en brazos de un hombre maravilloso, diciendo cosas que normalmente solo le susurraría a la almohada. Y él la escuchaba y la miraba con esos ojos como si... como si...

–¿Qué más te gusta?

–Me gustas tú –le dijo sin pensárselo demasiado.

–Sí. Ya se me había ocurrido –le dijo, llevándola hacia el coche–. Pero no quería tentar a la suerte.

Salieron a la carretera que bordeaba la costa de Positano. Bebieron *limoncello* y comieron almejas en un restaurante en la bahía de Amalfi. Caminaron por la ciudad y pasearon junto a muchos otros transeúntes por el puerto. Gianluca quería saberlo todo de ella de repente, a qué colegio había ido, cuál había sido su primer trabajo, su color favorito, su canción favorita...

Cualquiera que cantara Billie Holiday.

Ava se había reído entonces y había empezado a preguntar también.

–¿Con ocho años te mandaron a la academia militar? –le preguntó Ava, sorprendida.

–Así es como se hace en la familia Benedetti. Todos los varones de la familia han ido a la misma academia militar durante cinco generaciones.

–¿Así es como se hacen las cosas? –repitió Ava.

–Bueno, así es como se hacían. No tengo intención de tener hijos, así que el tema ya no importa. Y mis hermanas no han seguido la tradición con sus hijos varones.

–¿No? –su voz sonaba un tanto ambigua.

¿Se refería a sus hermanas o a él?

–¿Tienes hermanas?

Definitivamente sí. Se estaba refiriendo a él.

–Dos. Cuatro sobrinos, dos sobrinas –Gianluca trató de disimular su incomodidad tirándose del cuello de la camisa.

–¿No te gustan los niños?

–Sí. Claro que me gustan. Me encantan los niños.

Ava lo miró con esos ojos verdes tan intensos.

–Hmm.

Fue todo lo que le dijo. Se echó el cabello por encima del hombro y se volvió hacia el agua.

¿Qué significaba eso? No tenía por qué darle explicaciones. Era una historia larga y aburrida.

–Es un lugar mágico. No me extraña que la gente salga a pasear por la tarde –dijo ella de repente. La luz le suavizaba la mirada–. Deberíamos ir a la playa mañana.

Él tenía que ver a unos inversores a la mañana siguiente.

–A menos que tengas planeada alguna otra cosa.

Sus palabras no podrían haber sido más sinceras.

Toda su incertidumbre estaba contenida en esas pocas palabras. ¿Qué podía decirle?

–Lo que tú quieras, Ava mía.

Al día siguiente la llevó a dar un paseo en lancha por la costa, por las islas Galli. Y al siguiente fueron hasta las montañas Lattari, que rodeaban la costa de Amalfi. Una llovizna fina comenzó a caer mientras estaban allí. Se tomaron de la mano y corrieron hacia una iglesia cercana para guarecerse. Bajo el cálido resplandor de las velas, Gianluca no podía apartar la vista de ella. No sabía muy bien por qué, pero parecía brillar en la penumbra. Su cabello largo, su piel nacarada, el rosa intenso de sus labios... Ella se apoyó contra él, contemplando la lluvia. Olía a vainilla y a clavo. Olía a Ava.

–¿Ves esa colina? –señaló adelante–. Parece la cabeza de un conejo.

Gianluca no era capaz de verlo.

–Sí. Un conejito gordo –Ava lo miró de reojo.

–Y ahí... el bosque. Eso es una bota.

–Sí.

–Eso me lo inventé para pillarte.

Le empujó con el hombro y entonces dejó escapar una carcajada.

–Oh, mira. ¿Eso es un zorro?

La mancha roja que se veía al otro lado de los pastos sí era un zorro.

Gianluca fue capaz de sentir su emoción. Aunque conociera la zona como la palma de su mano, verla a través de sus ojos era verla por primera vez. Seguramente el zorro estaba al acecho, a punto de devorar a algún conejito incauto, pero eso no podía decírselo. Era una chica de ciudad.

De repente Gianluca se preguntó por qué estaba hablando de animales con ella en una pequeña iglesia de pueblo cuando tenían una lujosa habitación de hotel a su disposición. Lo que tenía que hacer era llevársela de allí y hacer lo que haría cualquier hombre sensato con una mujer hermosa. Ella se volvió en sus brazos y lo miró a los ojos.

–Nunca he visto un zorro. Por lo menos no tan de cerca.

–Sí. Son animales tímidos. Hay que ser muy sigiloso... Nada de movimientos bruscos –dijo y besó sus labios deliciosos.

De pronto se sentía el hombre más afortunado del planeta.

Ya en la ciudad, Gianluca la dejó sola un rato para que hiciera otro de sus misteriosos recados. Se quedó esperándola junto al puerto.

Cuando la vio aparecer, resplandeciente bajo el sol de la tarde, se dio cuenta de que parecía italiana. No había otra palabra para describirla. Con ese vestido sencillo, abotonado por delante, era la mujer más bonita que había visto jamás. Se le caía ligeramente de un hombro y llevaba algunos botones desabrochados, dos en el escote y tres por abajo. Con cada paso la falda se le abría un poco, revelando unos muslos largos y firmes. Parecía feliz y estaba extraordinariamente sexy. Gianluca se dio cuenta de que no era el único hombre que la miraba.

Justo cuando bajaba del coche, el silbido de un hombre la hizo darse la vuelta. Gianluca también miró.

Desde que había entrado en su vida no había dejado de pensar en ella ni un segundo. Sabía que nunca la olvidaría tal y como la había visto la noche anterior, con ese precioso collar, solo con el collar, en su cama.

La observó un instante. Se había agachado para acariciar a un perrillo. Estaba hablando con el dueño. Se incorporó y lo miró a los ojos, y su sonrisa hizo que el corazón le saltara en el pecho.

Lo veía todo a través de sus ojos, como si fuera la primera vez. Positano se había convertido en una ciudad vibrante, llena de color y detalles hasta ese momento insospechados, gracias a ella.

Era ella. La felicidad que suponía estar a su lado era lo mejor que le había pasado en la vida.

–Ava.

Ella se volvió, ajena a lo que acababa de pasar.

–Luca, este señor cría Lhasa Apsos...

Él le sujetó las mejillas con ambas manos.

–Vuelve a Roma conmigo.

Ella abrió la boca para decir algo, pero no emitió sonido alguno. Su mirada se suavizó, no obstante.

–Ni familia. Ni Ragusa. Nada de fingir, Ava. Solo tú y yo. Di que sí.

Ella no titubeó.

–Sí –dijo.

Regresaron a Roma.

La sensación era totalmente nueva para Gianluca. La certeza de saber lo que quería... No quería compartirla con su familia. No quería que tuviera que enfrentarse a su hermano.

Le había mandado unas flores a su madre, a modo de disculpa, y ella había llamado a Josh.

–Me pidió que te hablara bien de él –le había dicho, saliendo del dormitorio con el teléfono en la mano.

–¿Le dijiste que estamos juntos?

–No sabía que fuera un secreto.

No lo era, pero... ¿Cómo iba a decirle que sus predecesoras valoraban mucho la discreción?

Lo que tenían no era una aventura. No era algo de lo que tuvieran que avergonzarse. No tenía intención de esconderla en el palacio. No tenía ningún plan en concreto, pero sí quería presentársela a todo el mundo, quería que todos supieran... En aquel momento, la miró. Estaba revisando algo en la pantalla del teléfono, tal vez mirando el correo.

–Ava...

Ella masculló una palabrota.

–¿*Cara*...?

–Para el coche.

Él siguió adelante.

–¡Por favor, Benedetti!

Gianluca pisó el freno y se detuvo junto a la acera. Ella bajó rápidamente y no tuvo más remedio que salir tras ella.

–Adivina quién nos ha visto en un portal de celebridades de Internet. Adivina –le dijo, moviendo el teléfono en el aire.

–¿El Papa?

–¡Mi secretaria! ¿Sabes lo que esto significa? Todo el mundo está hablando de mí y del «Príncipe Italiano» en la oficina, como si fuera Mary Donaldson o algo así...

–¿Qué?

Ella volvió a mover el teléfono.

–Mary Donaldson, de Tasmania. Se casó con el heredero al trono de Dinamarca. Fue una gran boda. Australia consiguió tener por fin a un miembro de la realeza –sacudió la cabeza–. Tienes que estar más atento a las noticias.

Gianluca pensó en decirle que había asistido a la boda, pero tenía cosas más importantes que tener en cuenta.

–¿Te sientes mal porque tus empleados saben que tienes una vida fuera del trabajo?

–No se trata de eso. No da muy buena imagen esto.

Gianluca se quedó quieto y la miró. Estaba allí parada, con una mano apoyada en la cadera. Los pescadores dejaban ver unas piernas largas y bonitas. La camiseta, de color azul claro, se le pegaba como una segunda piel. Era imposible imaginársela con aquellos pantalones negros y una insulsa blusa de seda.

–Tendrás que arreglar esto –le dijo ella de repente.

–¿Arreglarlo?

–Sí. Tendrás que emitir algún tipo de comunicado, inventar alguna historia como esa que mencionaste. Puedes decir que somos parientes, o que es a causa de la foto.

Gianluca volvió al coche.

–¿Qué haces?

Él pisó a fondo el acelerador y Ava echó a correr hacia el vehículo. Se sentó a su lado y, apenas se puso el cinturón de seguridad, el vehículo salió a toda velocidad.

Había algo que estaba muy claro... Tenía que resolver las cosas de una vez y por todas.

–¿Qué estamos haciendo aquí?

Ava sabía que su voz sonaba un tanto quebradiza, pero el correo electrónico de PJ la había inquietado mucho. Saber que la gente estaba hablando de ella y que las fotos circulaban por Internet resultaba abrumador. No sabía por qué le molestaba tanto, pero era como si algo muy romántico se le hubiera escapado de las manos.

Nunca había vivido nada romántico en toda su vida. Jamás se había permitido el lujo de bajar la guardia ante un hombre. Esa era la primera vez que lo hacía y toda la gente estaba hablando de ella. Podía imaginar lo que decían... que era una más en una larga lista. Se sentía insignificante para él, mucho más de lo que había pensado en un principio. ¿Y qué estaba haciendo con él realmente? ¿En qué dirección iban?

«Ava, tienes que ser más sensata».

Era la voz del pasado, la de aquella niña que había cuidado de su madre y de su hermano pequeño. Gianluca le abrió la puerta y la tomó de la mano.

–Benedetti, no voy a ir más lejos hasta...

Le dio un tirón que la hizo correr tras él. La cafetería en la que entraron estaba llena de gente. Era un sitio muy elegante y Ava se sentía fuera de lugar.

–¡Gianluca, cariño!

La voz procedía de un grupo de mujeres.

–¿Dónde has estado, amigo mío?

Un hombre se levantó de la mesa, pero Gianluca ni se detuvo ni se desvió.

Ava trató de soltarse, pero la tenía sujeta de la cintura y la empujaba hacia delante. Un camarero les acompañó a una mesa.

–Siéntate, Ava –dijo Gianluca, sacándole una silla.

Ava no tuvo más remedio que obedecer. Miró a su alrededor y nada más hacerlo, deseó no haberle obedecido. La gente los miraba.

–¿Cómo puedes entrar así y conseguir una mesa? ¿Por qué estamos aquí?

De repente reconoció a un director de cine.

Gianluca se inclinó por encima de la mesa y le agarró las manos. Se oyó un ligero murmullo.

–¿Qué haces?

Él esbozó una sonrisa cálida.

–Si te beso ahora, Ava, significará que somos pareja. Todo el mundo empezará a hablar de nosotros, toda la sociedad de Roma. Serás la chica que le ha robado el corazón al Príncipe Benedetti, así que piénsalo bien antes de contestarme. Podemos tomar algo juntos, comer algo y todo seguirá igual. ¿Lo entiendes?

Ava asintió y entonces sacudió la cabeza. ¿Qué le estaba diciendo?

–Pero me gustaría besarte, Ava mía, si me dejas.

Ava lo miró a los ojos y comenzó a entender muchas cosas. Casi como si estuviera en un sueño, se humedeció los labios y bajó la mirada.

De repente él la agarró de la nuca y le dio el beso más tierno y sincero que le habían dado en toda su vida. La gente comenzó a aplaudir a su alrededor.

–Ahora eres mía –dijo, sonriendo contra sus labios.

Le enseñó Roma. La llevó a casa. Se la presentó a sus amigos. La introdujo en su vida. La llevó a restaurantes, al teatro, a fiestas. Comieron juntos, durmieron juntos e hicieron el amor como si acabaran de descubrir el mundo y quisieran celebrarlo.

¿Qué significaba todo aquello? Ava no lo sabía y eso la mataba por dentro. Sentía que algo enorme y feroz la aguardaba a la vuelta de la esquina, algo que no era capaz de definir, algo contra lo que no podía vencer.

Estaba en el estudio de uno de los modistos más prestigiosos de la ciudad. Le estaban haciendo un vestido de noche a medida, tan suntuoso que Ava apenas podía imaginar a qué clase de evento se podía llevar un diseño como ese.

Gianluca le había dicho que se trataba de un baile

benéfico para recaudar fondos para la lucha contra el cáncer. Era un gran acontecimiento anual y era obligatorio ir de gala. El traje causaría un gran impacto. De eso no había duda. Ava dio voz a sus temores.

–Es un traje de ensueño, señorita –dijo la costurera, levantando la vista de los pliegues de satén–. Solo necesita un poco de confianza para llevarlo.

–Tiene la estatura –dijo otra de las modistas.

Una tercera le señaló los pechos e hizo un gesto inconfundible.

Cuando por fin salió a la calle con su ropa de siempre, Ava quería pellizcarse para comprobar que no era un sueño. Aquellas habían sido las cuatro semanas más maravillosas de toda su vida. Si no volvía a pasarle nada bueno en la vida, no tenía importancia, porque atesoraría ese momento. Lo guardaría en su corazón para siempre y con él sería capaz de pasar el frío invierno que se avecinaba. Era amor. Ya lo sospechaba...

Al entrar en la limusina que le había enviado Gianluca, no tuvo más remedio que reconocer la verdad. El amor era algo que nunca había tenido, pero sí sabía reconocerlo cuando llegaba.

Capítulo 15

AL OTRO lado de la ciudad, Gianluca escuchaba a su abogado por el teléfono. Estaba en las oficinas de Benedetti International, frente a la ventana. A sus pies, la concurrida plaza bullía con tanta actividad.

En Positano habían hablado de trabajo. Ella le había hablado acerca de las dificultades que tenía con sus clientes. Un magnate de la industria minera había insistido en invitarla a su gimnasio y al final había terminado en una bicicleta estática, hablando de su fondo de cobertura. El hombre era muy competitivo.

–¿Parezco una ciclista?

–*Cara*, pareces una diosa.

Después habían vuelto a Roma y cada vez pasaban más tiempo juntos. Las conversaciones se volvían profundas e incluso había llegado a hablarle de su fascinación por los aviones cuando era niño. Su padrino le animaba a ello, a pesar de las objeciones de su padre.

–¿No quería que volaras?

La recordaba apoyada en sus brazos, con la cabeza recostada a su lado. Llevaba esa exquisita lencería azul celeste que le había comprado.

–Mi padre quería que entrara en el negocio familiar, en el banco. Era lo único que quería para mí. Los aviones eran un hobby para él, y en el peor de los casos, una distracción.

–Pero era tu pasión.

–No significaba nada. Toda mi educación se basaba en la disciplina, en ser duro, en ser un hombre. Lo que yo opinara al respecto no contaba mucho.

–Pero insististe... Luchaste por lo que querías, ¿no?

–Sí. ¿Tú también tuviste que luchar por algo, Ava mía?

–Una chica de clase obrera. Dejé el instituto a los quince años. Ya lo creo que sí –había dicho ella, levantando la barbilla.

La había besado entonces, y le había hecho el amor hasta borrar todos esos recuerdos amargos.

Un rato más tarde, mientras yacía en sus brazos, le había hablado de su refugio secreto del Caribe. Quería enseñárselo.

–Hace mucho tiempo que no voy de vacaciones... –dijo ella.

–¿Cuánto es mucho para ti? –le preguntó él, besándole el cuello.

–Nunca.

–¿Nunca has ido de vacaciones?

–Ahora estoy aquí, y vine también a la boda de Josh. He viajado por negocios, pero un viaje de placer, para alejarme de todo, no.

Parecía avergonzada, pero también estaba a la defensiva. Gianluca recordaba que se le había hecho un nudo en la garganta...

–Si seguimos ahora, les tendremos contra la pared –dijo el abogado desde el otro lado de la línea telefónica.

Gianluca volvió al presente bruscamente.

–Entonces seguimos adelante. Avísame cuando esté hecho.

Se apartó de la ventana. Parecía que había parejas

felices por todas partes. Sin duda la llevaría a Anguilla, su escondite paradisiaco. La llevaría a dar la vuelta al mundo si ella así lo quería. Pero en ese momento lo que realmente quería era escaparse con ella. Quería tomarse el día libre y contemplar el mundo desde la cima.

Tenía algo importante que hacer antes, no obstante. Habló con su secretaria por teléfono y le pidió que llamara al banco. Pasaría por la cámara acorazada media hora después.

La recogió en el Aventador y se dirigió hacia el monte Palatino. Llevaron algo de comida para hacer un picnic y recorrieron las ruinas del complejo del palacio imperial. Ava permanecía callada cuando llegaron. No era el mismo sitio en el que habían estado siete años antes, pero las vistas de la ciudad eran las mismas, la hierba alta, los pinos...

–Cuando mis abuelos eran novios, venían aquí. Mi abuela era arqueóloga y estaba obsesionada con este sitio. Fue una unión por amor. No fue un matrimonio concertado.

–¿Y eso supone alguna diferencia? –le preguntó Ava, abriéndose camino sobre aquel terreno accidentado.

–Si hubiera sido concertado, habrían pasado muchas tardes en las casas de sus respectivos padres, hubieran ido a la ópera con carabinas y habrían pasado el verano en la costa. Las familias hubieran discutido los términos del enlace.

–¿Y todo eso para que dos extraños pudieran casarse?

–No eran extraños, *cara*. Las familias se conocían. Debería añadir que mi abuela provenía de una muy conocida, así que no fue algo difícil de aceptar.

Ava no dijo nada. Gianluca se aclaró la garganta.

–Pero ahora las cosas son un poco distintas.

–Supongo que Josh fue toda una sorpresa –dijo ella de repente.

Gianluca tardó unos segundo en comprender.

–Tu hermano –dijo finalmente. La conversación estaba tomando un rumbo que no había anticipado–. No voy a mentir y a decirte que todo el mundo se alegró mucho, pero no fue por el hecho de que no fuera italiano, sino porque no tenía medios para cuidar de Alessia.

–¿Cuidar de Alessia? –Ava dejó escapar una risita nerviosa–. La última vez que miré a mi alrededor estábamos en el siglo XXI, Benedetti. ¿No te has dado cuenta?... Oh, había olvidado que... Vives en una cueva.

–En un palacio, pero no andabas desencaminada.

Ella tenía que aceptar que él velaría por ella. No era uno de esos granujas con los que había tenido que lidiar; su hermano, que nunca la llamaba, ese novio que la había despreciado y humillado... Siguió el movimiento de sus caderas a medida que avanzaba por el abrupto terreno.

–Mira a tu alrededor, Ava. En el monte Palatino ha vivido gente durante miles de años. Y estoy seguro de que entonces, igual que ahora, el valor de un hombre se medía según su capacidad para cuidar de su familia.

Ava se detuvo, pero no se dio la vuelta.

–Una mujer también protege a su familia.

–Claro –dio un paso hacia ella–. Has protegido a tu hermano toda tu vida. Pero en algún momento tenía que empezar a andar por sí solo, Ava.

–¿Cómo sabes que le protegía?

–Me lo dijiste aquí, aquella noche. Me hablaste de los problemas psiquiátricos de tu madre. Me hablaste de lo mucho que te preocupabas por ella, de lo culpable que te sentías, de lo sola que estabas. Y yo recuerdo haberme preguntado por qué no tenías ayuda.

Ava se dio la vuelta. Tenía la cara pálida.

–No sabía que fueras la hermana del novio. De haberlo sabido, hubiera intentado ayudarte con él.

–¿Cómo?

–Hubiera reorganizado sus prioridades. Un hombre debe responsabilizarse de su madre y de su hermana.

Ava apretó los labios.

–No necesito que nadie sea responsable de mí, Benedetti.

Él comprendía su resistencia.

–Lo entiendo. No te gusta mi hermano. Crees que está muy por debajo de tu distinguida familia. Bueno, pues resulta que yo tampoco me alegré mucho con esa boda. Hice todo lo que pude para convencerle de que no se casara. Le dije que era un gran error. Alessia era demasiado joven, y él también, y sabía que a tu familia no le parecía bien. Tu madre... –se detuvo. Arrugó los labios.

–Mi madre fue muy explícita. Lo entiendo. Sospecho que no fue muy agradable contigo.

Ava se dio la vuelta.

–No quiero decir nada desagradable sobre tu madre.

–Entonces permíteme –la agarró y la hizo darse la vuelta–. Es una mujer manipuladora y le gusta que todo gire en torno a ella misma. También es muy pasional y a veces puede llegar al chantaje para conseguir lo que quiere. Mis hermanas se comportan como sus doncellas, así que imagino que las mujeres de mi familia te hicieron la vida imposible.

–Digamos que no me recibieron con los brazos abiertos –dijo Ava, poniéndose tensa–. Es por eso que opté por alojarme en un hotel.

Gianluca tenía que preguntárselo.

–¿Dónde te alojabas?

–En el Excelsior.

Era el mismo hotel en el que la había recogido, el mismo por el que había pasado aquel día, de camino al hospital para ver a su padre...

No podía creerlo. El Excelsior.

–Me quedé allí todo el día –lo miró a los ojos–. Esperando que me llamaras.

¿Esperaba que la llamara?

–¿Cómo? –la palabra sonó un tanto agresiva. La soltó de inmediato–. ¿Cómo se suponía que iba a llamarte?

Ava retrocedió como si quisiera protegerse de una explosión.

–No me dejaste ningún número. Pero sí sabías quién era. Nada te lo impedía, Ava.

–Lo sé –dijo ella. Parecía avergonzada.

–No. He oído suficiente.

Gianluca hizo un gran esfuerzo por mantener el autocontrol. Una ola de rabia le sacudía por dentro. No se había dado cuenta hasta ese momento de lo fuertes que eran sus sentimientos.

Ava se abrazó a sí misma. Levantó la barbilla. Su pose era desafiante.

–Eso también lo sé. Pero, en serio, ¿qué hubiera pasado? ¿Te habías enamorado de mí hasta la médula? ¿Íbamos a pasar el resto de nuestras vidas juntos? Solo fue una noche, Luca, y yo sabía que habías tenido muchas así. Yo, en cambio, solo tuve una. Una –su voz se quebró–. Y quería atesorarla para siempre, intacta, perfecta.

–¿Perfecta? ¿Qué fue perfecto? ¿Tener sexo con un tipo al que no conocías? ¿Al que no quisiste conocer después?

Ella se encogió por dentro.

–Oh, y tú nunca lo has hecho. ¿Nunca has tenido sexo sin más con una mujer a la que no tenías intención de ver de nuevo?

–Sí. Sí que lo he hecho –la miró a los ojos–. Pero no tenía intención de hacerlo contigo.

En ese momento se oyeron las voces de un grupo de niños que se acercaba desde abajo. Ava miró a su alrededor como si acabara de darse cuenta de dónde estaban. Sin mirarlo siquiera, echó a correr en busca de una salida que diera acceso al camino zigzagueante que descendía por la colina. Gianluca fue tras ella. Cuando logró alcanzarla se había quedado sin aire. Ella tenía los brazos cruzados y parecía muy enfadada.

–No me puedo creer que me hayas mentido así –le espetó.

Una descarga de furia recorrió a Gianluca por dentro. Era furia hacia su padre, hacia la mujer que tenía delante y le exigía demasiado.

–Yo no miento. Yo no engaño. Pero tú... –la señaló con el dedo–. ¡No vuelvas a escapar de mí así!

–Eso lo dice el Príncipe Benedetti, dueño y señor...

–Del mundo. Sí –dijo Gianluca con cierto sarcasmo.

La agarró del codo y la hizo darse la vuelta. Su aroma, a vainilla y a mujer, le rodeó de inmediato. Ava Lord le volvía loco de todas las formas posibles, y eso ya empezaba a ponerle nervioso. La besó con fiereza. No iba a ponérselo fácil esa vez. La tenía acorralada contra el coche, con la falda levantada hasta el muslo.

Buscó su sexo caliente y húmedo. Ella se sobresaltó y gimió cuando la tocó. La hizo levantar una pierna y comenzó a rozarse contra la cara interna de su muslo, desencadenando aquello que era inevitable... Mascullando un juramento, Gianluca se apartó de golpe. Estaban en mitad del aparcamiento. No había nadie por allí, pero podía aparecer cualquiera en cuestión de segundos.

Ava tenía la mirada perdida y las mejillas sonrosadas. Respiraba con dificultad. Su pecho subía y bajaba violentamente. Tenía algunos botones abiertos, pero no parecía darse cuenta.

–Vamos –le dijo él, tratando de recuperar el control.

La hizo entrar en el coche.

–Tenemos que salir de aquí.

Ava bajó la cabeza. Parecía tan frágil.

Él era tan responsable como ella de lo que había ocurrido aquel día. Ella había salido huyendo, pero él la había dejado ir. La cajita que llevaba en la chaqueta parecía más pesada que nunca. Sin decir ni una palabra más, la hizo meterse en el coche y se la llevó a casa.

Ava se quitó toda la ropa y se metió bajó los chorros del hidromasaje. No podía llorar.

«Pero no tenía intención de hacerlo contigo».

Esas palabras le habían hecho daño, porque insinuaban algo que siempre había sospechado. Podría haberlo tenido todo siete años antes, pero lo había desechado antes de empezar porque tenía miedo de quererlo y perderlo.

–Ava.

Estaba desnudo, y la miraba fijamente.

Muchas veces compartía la ducha con ella, pero en ese momento Ava se sentía demasiado expuesta y vulnerable como para estar desnuda frente a él. Se dio la vuelta. Estaba atrapada.

De repente sintió sus manos en las caderas, pero el sexo no podía arreglarlo todo... Comenzó a sentir las yemas de sus dedos sobre la cara interna del muslo. Le agarró el pecho con la otra mano. La hizo volverse en sus brazos.

–Gianluca... –dijo, sintiendo una descarga de calor que le subía por el cuerpo.

Estaban pegados el uno al otro. Podía sentir su erección contra el abdomen. La besó. Su boca estaba caliente, húmeda bajo el chorro de agua. Sabía tan bien... Se agarró de sus hombros. Deslizó las manos por sus bíceps. Su físico poderoso era absolutamente irresistible, la dureza de su cuerpo bien torneado, tan distinto al suyo propio... Su pecho, cubierto por un fino vello, le rozaba los pezones.

Era demasiado fácil perderse en él.

–Las cosas han sido demasiado intensas durante las últimas semanas –le explicó él, deslizando los labios sobre su cuello, sus hombros. Encontró uno de sus pezones.

–Hagámoslo. Esto es lo que funciona entre nosotros.

Ava quiso llorar de placer al sentir sus labios alrededor de uno de sus pezones. Había tanto que decir.

Él tomó un paño, lo humedeció y lo deslizó sobre su piel hasta hacerle temblar las rodillas. Se puso de rodillas y buscó ese lugar húmedo entre sus piernas. Ava se mordió el puño para reprimir el grito que crecía en su interior. Enredó los dedos en su pelo y tiró con fuerza mientras su cuerpo vibraba de placer. Gritó. Él la tomó en sus brazos y la llevó a la cama, empapada. La acostó boca abajo y la penetró desde atrás con una pericia certera. Estaba en lo más profundo de su ser. La llenaba por completo y la llevó al clímax rápidamente.

Su expresión era casi fiera. La hizo darse la vuelta. La ternura y la sutileza habían desaparecido. Ava sabía que al día siguiente tendría moretones, pero no le importaba. Él empujaba con tanta fuerza que la hacía contener el aliento, una y otra vez, hasta borrar todos sus pensamientos.

Ava enroscó las piernas alrededor de su cintura y se aferró a él hasta gemir de gozo. Él gruñó de repente y entonces se desplomó sobre ella. Sus cuerpos estaban unidos. Respiraban con dificultad. Ava yacía sobre la cama, con la cabeza pegada a su hombro, sintiendo el ritmo de su respiración. Se incorporó y se acostó boca arriba. Respiró profundamente, como si acabara de correr en una maratón.

Echó la cabeza a un lado y entonces sus miradas se encontraron. El resplandor del deseo más intenso aún estaba en sus pupilas, salvaje, masculino, ardiente...

«Esto es lo que funciona entre nosotros».

Eso era lo que le había dicho. No le había hecho promesas, ni le había regalado palabras dulces... Una tensión repentina creció dentro de Ava. Le odiaba. Le odiaba con todas sus fuerzas.

–De nuevo –dijo.

–Aquella noche yo tenía muchas cosas en la cabeza –le dijo horas más tarde, al abrigo de la noche.

Las cigarras se hacían oír a través de las ventanas abiertas. Ella no dijo ni una palabra.

–Mi padre y yo habíamos discutido el día antes. En aquel momento no parecía importante.

–¿Por qué discutisteis?

–Yo tenía responsabilidades y trataba de evadirlas.

–¿Qué clase de responsabilidades?

–Mira a tu alrededor, Ava. Soy un Benedetti. Tenía dieciocho años cuando me gradué en la academia militar y me fui a los Estados Unidos para estudiar Económicas. Mi padre dio por sentado que terminaría trabajando en el negocio de la familia, así que me dejó hacer mi vida allí. Tenía veintiún años cuando me gradué y me ficharon para jugar en la liga profesional de fútbol.

Se frotó la barbilla. Tenía una barba incipiente.

–Háblame del fútbol. Debía de ser una vida muy glamurosa.

–A veces. La mayor parte del tiempo la pasaba entrenando.

–Y fiestas y chicas...

–Fue una época un tanto salvaje. Pero para mí lo más importante era la libertad. Después de haber pasado tantos años siguiendo la línea que estaba marcada para mí, aquello era la gloria.

Ava dejó escapar el aliento.

–Oh, te entiendo. Sigue.

–Tuvimos una discusión el día antes de la boda de Alessia. Yo le dije que esa era mi oportunidad y que no la iba a dejar escapar. Mi padre me dijo que tenía que estar a su lado durante las reuniones que iba a tener con Agostini Banking Group. Ya era hora de demostrarle que me tomaba las cosas en serio. Eso decía... Yo le dije que esa gente no era más que un clan de mafiosos y él me pegó. Dije cosas que jamás podría retirar. Le dije que le odiaba, que era un débil. Le odié mucho por lo que le había hecho a mi madre y le dije que mi único propósito en la vida era no parecerme a él –Gianluca se incorporó un poco en la cama–. Él me dijo que me pusiera un traje y que le acompañara a Nápoles para la reunión. Yo me reí y me fui a la boda de mi prima.

–Y esa fue la noche que nos conocimos.

–Sí. La noche de la fiesta de la boda, la noche que pasamos juntos.

En ese momento solo se oía el canto de las cigarras.

–Continúa –dijo ella, rompiendo el silencio por fin.

–A mi padre le dio un ataque al corazón. Solo tenía cincuenta y tres años.

–Lo siento.

–Nunca tuve oportunidad de pedirle perdón. Estaba sometido a una gran presión. Llevaba veinte años metido en un hoyo que él mismo había cavado, un hoyo lleno de deudas y de corrupción. Todo el grupo bancario se fue a pique. Dos de sus socios fueron encarcelados y se vendió la mayor parte del patrimonio para cubrir deudas.

–Y tú entraste en el ejército entonces.

–Por el honor de mi familia, por mi padre. Era lo que él quería. Sé que es difícil de entender, ni yo mismo lo entiendo muy bien, pero teníamos un buen nombre. Representaba un servicio para con la nación, una integridad que no podía verse comprometida, y en dos generaciones todo se destruyó. Yo quería construir algo de cero, y el ejército me pareció un sitio perfecto para empezar.

–Es por eso por lo que no podía contactar contigo –dijo ella lentamente–. Llamé a todos esos números que me diste y solo uno, el de tu despacho, estaba conectado. Supongo que nunca te dieron el mensaje.

–Los medios fueron a por mi familia como pirañas. Se cambiaron todos los números. ¿Me dejaste un mensaje?

–Un número y mi nombre.

Gianluca guardó silencio.

Ava se humedeció los labios.

–Es por eso que nunca viniste a buscarme.

–¿Ir a buscarte?

–Cuando me fui esa mañana, yo pensaba que sabías quién era yo.

–¿Pero cómo iba a saberlo? Solo me diste tu nombre de pila y ni siquiera eso lo entendí bien.

Ava levantó la cabeza, parpadeó.

–¿No lo entendiste bien?

–Pensaba que me habías dicho «Evie».

–Disculpa –Ava se levantó de la cama.

Él la agarró de la mano.

–¿Adónde vas?

Ava apartó la mano. Agarró su bata de seda y se cubrió con ella.

–A buscar algo de beber.

El estudio de Gianluca estaba bien abastecido, pero Ava agarró el sherry directamente. Él había entendido mal su nombre, pero era ella quien se había equivocado en todo. Se había convencido a sí misma de que aquella noche había sido especial solo para ella, y se había aferrado a esa idea con vehemencia. Le había borrado del mapa. La vida la había enseñado a esconder sus sentimientos; el abandono de su padre, la enfermedad de su madre... Josh y ella se habían criado con amigos y vecinos prácticamente. Recordaba muy bien todas esas veces cuando su madre le decía que su padre volvería. Su hermano Josh había huido del país para alejarse de ella. Había malgastado dos años de su vida con un hombre al que jamás iba a querer y había destruido la única oportunidad de vivir algo mágico que había tenido en toda su vida. La había destruido, por miedo. Había salido huyendo cuando tenía que quedarse.

Cobarde.

El sherry se le derramó.

–Ava –su voz profunda cortaba las sombras.

–Lo siento –dijo ella. Quiso decir algo más, pero no encontró palabras–. Lo siento –repitió.

La copa casi se le cayó de las manos cuando él se le acercó. Se la quitó de las manos. Se la llevó a la nariz.

–Esto no sirve, Ava. ¿Sherry?

Dejó la copa y la estrechó entre sus brazos.

–Lo siento –volvió a decir ella.

–¿Por qué? ¿Qué tienes que sentir?

–¿Tú qué crees? Todo. Todo lo que has pasado.

–Es la vida. Esas cosas nos hacen más fuertes, y nos hacen apreciar lo que tenemos ahora, en el presente. ¿No crees?

No hablaba solo de su padre. Hablaba también de ellos.

No era amor, sino sexo. Era sexo lo que tenían. El amor había tenido su oportunidad, pero ella la había dejado escapar sin saber lo que había estado a punto de tener.

Capítulo 16

EL SALÓN de baile estaba iluminado con cientos de velas diminutas. Los cuatrocientos invitados habían pagado un dineral por estar allí. El corazón de Ava era como un pájaro atrapado en una jaula. Aleteaba desesperado, buscando una salida. Había necesitado ayuda esa noche para meterse en el vestido. Un peluquero de París había viajado expresamente para hacerle un peinado y también una maquilladora de Milán. Nada en ella era natural esa noche.

–Relájate, Ava –le dijo Gianluca suavemente, haciéndola girar en sus brazos–. Eres la mujer más hermosa que han visto jamás. A la gente le lleva tiempo acostumbrarse.

Pero no había nada reconfortante en su voz. Parecía estar tan tenso como ella.

Se sentía extraña llevando las joyas de su abuela y nada más ver a Maria Benedetti entre la multitud, comenzó a sentirse como una ladrona.

–No me dijiste que tu familia iba a estar.

–No lo sabía.

A Ava le bastó con una mirada furtiva para ver la tensión que le atenazaba los músculos de la cara. Era evidente que a él también le resultaba inquietante la presencia de sus familiares.

Presentarla ante los amigos era lícito, pero hacerlo ante la familia era algo muy distinto. La había deslumbrado, la había cortejado y le había hecho cosas maravillosas, pero al final terminaría marchándose. Una vez regresara a Sídney seguirían algún tiempo juntos. Él iría a verla. Ella también viajaría... Pero finalmente otras mujeres acabarían cruzándose en su camino.

–Mi madre siempre consigue una invitación –le dijo Gianluca–. Pero esta es la primera vez que viene.

Con la actitud de un condenado, Gianluca la condujo a través de la sala. Eran el centro de atención.

Toda la confianza que Ava tenía en sí misma se esfumó de repente. Comenzó a sentirse como un mono de feria en exhibición. Consciente de que debía mantener la compostura, dejó de escuchar lo que le decía Gianluca. No necesitaba instrucciones para comportarse bien ante su madre. No era una idiota.

Maria Benedetti se sorprendió al ver que su hijo le besaba la mano. Había una frialdad entre ellos que no pasaba desapercibida. La *principessa* miró a Ava con curiosidad.

Gianluca se la presentó.

–¿Cómo está? –dijo Ava, haciendo uso de la cortesía más exquisita.

–Ava, te pareces mucho a tu hermano. ¿Entonces eres tú la joven que ha hechizado a mi hijo?

No era lo que esperaba oír. Ava se derrumbó por dentro.

–¿Esos son los zafiros de la *principessa* Alessandra, Gianluca?

–Ava los luce muy bien –dijo él, en tensión.

La señora se encogió de hombros.

–Me alegra ver que han salido del banco.

La conversación se desvió hacia otros temas. La sonrisa plástica de Ava pendía de un hilo.

–Parece que lo estás pasando muy bien, Ava.

–Sí.

–¿Quieres comer conmigo mañana? Me gustaría que me contaras algo de tu estancia en Roma.

Ava miró a Maria Benedetti y se dio cuenta de que la mujer que tanto había despreciado a Josh parecía ir en son de paz.

–Sí. Me encantaría –logró decir, pensando en el viernes. Había sacado el billete de avión para ese día.

El hombre que estaba a su lado todavía no le había pedido que se quedara. Y ya sabía que no iba a hacerlo nunca. Miró a su alrededor. Escudriñó a la multitud y entonces le vio.

–¿Ava? –él levantó la mano, como para saludarla.

Josh era como un espejismo. Parecía tan alto y delgado con ese traje. Se estaba arreglando la pajarita.

–Nunca se me han dado bien estas cosas. Alessia trató de ponérmela bien en el coche, pero mira cómo está –no la miraba a los ojos.

Era evidente que su hermano estaba muy nervioso. Sin saber muy bien lo que hacía, Ava le dio un abrazo. Él se lo devolvió con timidez.

–Todo está bien, hermanita. Te sacaré de esta.

Ella lo miró, sorprendida, y entonces le dio otro abrazo.

La maldición se había roto de repente. No se había dado cuenta hasta ese momento de lo mucho que había cargado con sus sentimientos.

«Rica, decepcionada, sola...»

Pero ya no iba a pasar la vida sola y sin amor. Pasara lo que pasara, su hermano siempre la querría. De repente sintió una mano en el hombro. Era Alessia, tan llena de energía como siempre.

–Llevas un vestido precioso. Pareces una princesa. ¡Gianluca, parece una princesa! ¿Por qué la has tenido escondida? Pensé que tendríamos que venir a Roma para liberarte, Ava.

–Gianluca ha sido muy amable –dijo Ava y entonces vio el asombro en el rostro de Gianluca.

–Te ha secuestrado –dijo Alessia.

Gianluca le puso una copa de champán en la mano. Más gente se unió al grupo. Era Marco, el primo de Gianluca, y su esposa, Valentina, una pareja a la que ya conocía. Tina era muy agradable. Había algo en ella que resultaba cercano, sencillo. Si todo aquello hubiera sido real, Tina podría haber sido una buena amiga.

Una buena amiga muy embarazada.

–Echo de menos el champán –dijo, señalando la copa de Ava.

–No es muy bueno –dijo Ava, mintiendo.

Tina sonrió, le dio un pequeño codazo y la apartó del grupo.

–Vi que te presentaron a la tía dragona. ¿Qué tal fue?

–Maria fue muy amable.

–¿En serio? Qué raro. Normalmente es muy desagradable con otras mujeres. Supongo que le ha sorprendido que Gianluca le presente a una de sus novias.

Ava hubiera querido decirle que no era su novia, pero no tuvo tiempo.

–De hecho, tú eres la primera. No eres de Sicilia, ¿no?

Ava sacudió la cabeza, confundida.

Tina se acercó un poco más.

–¿Eres virgen?

–¿Disculpa?

–No. Tiene esa mirada, esa mirada que tanto gusta –Tina le dedicó una sonrisa–. No te gires, Ava, pero Gianluca no te ha quitado la vista de encima ni un momento. Creo que está preocupado por lo que te he dicho, así que seré rápida. Es una pesadilla para las mujeres.

Es muy guapo, es aristócrata y tiene mucho dinero. Las mujeres hacen cola para él. Son como el hielo en Siberia. Es una maravilla, ¿no?

Ava se sintió como si acabaran de darle un puñetazo en el estómago.

–Nunca le he visto tan feliz.

–¿Feliz?

Gianluca fue hacia ella en ese momento y Ava se preguntó si había oído algo. La agarró de la mano y la apartó del grupo sin decir nada.

–Necesitas tomar el aire –le dijo en un tono casi hosco.

Ava miró a Tina y encogió los hombros. La esposa de Marco le guiñó un ojo.

Una vez salieron a la terraza, Gianluca se quitó la chaqueta y la puso sobre sus hombros. Ava sacudió la cabeza. Retrocedió.

–Tenemos que hablar.

Estaba preciosa esa noche. Pero no era la belleza a la que estaba acostumbrado con ella. No era como cuando la sorprendía en un momento inesperado, al amanecer, cuando le miraba con ojos adormilados y le susurraba cosas que le hacían querer mover montañas por ella...

Esa noche se había convertido en una de esas bellezas entre las que había crecido. Quería alborotarle el cabello, borrarle el lápiz de labios... No quería que los Benedetti se apoderaran de ella. No quería que ella también se convirtiera en un peso más alrededor de su cuello.

–Tenemos que hablar –le dijo ella.

Él se aclaró la garganta.

–Sí. Es por eso que te he traído aquí.

–Quiero decirte algo antes.

Ella apretó las manos como si se dirigiera hacia el

patíbulo. Por alguna razón el gesto irritó a Gianluca sobremanera. No quería estar en una multitud con ella. Quería llevársela a algún sitio donde pudieran estar solos.

–¿Has visto *Tres monedas en la fuente*? –le preguntó ella inesperadamente.

Él se encogió de hombros.

–A lo mejor sí. A lo mejor no. Conozco la canción.

Ella esbozó una sonrisa tímida.

–Solía ver esa película una y otra vez cuando era niña y quería tener esa vida. Una vida diferente, distinta a la mía.

Con un suspiro, Ava caminó hasta la barandilla del balcón. Ahí abajo, en la oscuridad, acechaba el Tíber. Gianluca se sorprendió a sí mismo pensando en todos los cuerpos que habían aparecido en ese río, los cuerpos de aquellos que se habían interpuesto en el camino de sus ancestros. Ava veía una fantasía, pero él veía la realidad.

–Me has dado esa fantasía, pero creo que es momento de marcharse –dijo ella–. Antes de que se desvanezca el hechizo. Antes de que te despiertes una mañana y te des cuenta de que he vuelto a ser Ava, sin más.

Gianluca la miró a los ojos, confuso.

–Esta vida de la que me hablas... ¿Por qué no puedes tenerla tú también?

Ella lo miró por encima del hombro. La ansiedad se dibujaba en todos los rasgos de su rostro. Gianluca sentía el peso del anillo en la chaqueta. Era como una daga en ese momento. Metió la mano en el bolsillo y lo agarró. Cerró el puño a su alrededor.

–Tenla entonces –dijo, casi con agresividad–. Ten esta vida.

Le tomó la mano con un gesto brusco. Ella trató de retroceder. Quiso retirar la mano, pero él no la soltaba.

–No sé de qué me hablas. No tiene sentido lo que dices. ¿Por qué estás enfadado conmigo?

Él sacó el anillo. Lo puso contra la luz.

–¿Esto tiene sentido para ti?

Durante una fracción de segundo, Ava pareció muy confundida.

–Este es el anillo que mi abuelo le dio a mi abuela. Ella no se lo quitó hasta el día de su muerte y se lo regaló a mi hermana mayor –le agarró la mano.

Ella trató de retirarla, pero él la sujetó con fuerza.

–Mi hermana prefirió no usarlo y el anillo ha estado en la caja fuerte de un banco desde entonces. Para mí sería todo un honor que... –le puso el anillo. Sus propias manos temblaban, casi tanto como la de ella–. Aceptaras ser mi esposa.

–Es demasiado pequeño –dijo Ava con un hilo de voz.

–Se puede agrandar.

Estaba furioso con ella. ¿Por qué tenía tanto miedo? Empezó a tirar de la joya. Quería quitársela.

–No lo quiero. Tómalo, por favor.

–Gianluca, ¿qué estás haciendo aquí fuera? Hay gente que ha venido desde el otro lado del mundo para verte. Todos tenemos que hacer nuestro... Oh, ya veo que he interrumpido.

Gianluca se volvió hacia la anfitriona con cara de pocos amigos. Ava pasó por su lado rápidamente y volvió a entrar en el salón.

–Necesito ayuda –le dijo a Alessia, nada más entrar–. No puedo ir en taxi con este vestido y no quiero volver con él. Necesito algún sitio donde quedarme.

–Cálmate –dijo la joven, acariciándole el brazo–. Te quedas con nosotros. Claro. Estamos alojados en un hotel que está a dos manzanas.

–¿Qué sucede, Av? –Josh la miraba con preocupación.

–Tenías razón, Joshy. Estoy condenada a quedarme sola.

No podía quedarse allí ni un segundo más. Se recogió un poco la vaporosa falda del vestido y echó a andar hacia la puerta principal. Mientras corría por las escalinatas de la entrada del palacio, tuvo miedo de perder un zapato, pero los tacones no la abandonaron esa vez.

Los dos guardias de seguridad vieron pasar por su lado a una joven con un vestido de cuento de hadas, una aparición que huía de las luces y se adentraba en la penumbra de la silenciosa calle.

Gianluca no podía encontrarla. Había cometido errores en su vida, pero esa vez no se había equivocado. ¿Cómo había podido acosarla de esa manera? ¿Cómo había podido asustarla?

–¿Has visto a Ava? –le preguntó a Josh sin perder tiempo.

El joven hizo un movimiento rápido y Gianluca esquivó el golpe milagrosamente. El puñetazo que iba a asestarle sin duda le hubiera dejado una buena marca en la cara.

–Dios, ¿cuál es tu problema, Lord?

–Tú, Benedetti. Tú y la forma en que has tratado a mi hermana.

Gianluca se puso tenso.

–Sí. Eso es. Te estoy pidiendo cuentas. Un cretino la abandona y tú te aprovechas. Es muy lista, pero cuando se trata de los hombres es como un ciervo delante de los faros de un coche.

–Sí. En eso estamos de acuerdo.

El joven frunció el ceño.

–Quiero casarme con tu hermana –dijo Gianluca con impaciencia, consciente de que estaba perdiendo el tiempo–. Estoy enamorado de ella. ¿Eso te aclara algo?

Se oyeron suspiros a sus espaldas. Eran Valentina y Alessia.

–¿Dónde está ella? –preguntó Valentina.

–Eso es lo que he venido a deciros –dijo Alessia. Era evidente que disfrutaba del drama–. Ha salido corriendo. Seguramente se haya ido a nuestro hotel.

Gianluca echó a correr hacia la recepción. La sangre vibraba en su cabeza.

–¡Benedetti!

Josh Lord respiraba con dificultad. Le alcanzó al final de la escalinata.

–Tienes que oírme. Ella vino a Roma porque esperaba que le pidieran matrimonio.

–Sí. Me lo ha contado.

–No. No lo entiendes. Pagó los billetes de avión, reservó el hotel, contrató una visita por La Toscana y compró un anillo.

Gianluca miraba a Josh como si le hablara en una lengua desconocida.

Y entonces se dio cuenta de lo que había hecho.

«Solía ver esa película una y otra vez cuando era niña y quería tener esa vida. Una vida diferente, distinta a la mía».

De repente sintió mucha vergüenza. La había obligado a ponerse un anillo, se había burlado de sus sueños románticos... Si no lograba encontrarla en los cinco minutos siguientes, movería cielo y tierra hasta dar con ella.

–No va a estar en nuestro hotel –dijo Josh en voz baja–. No si está dolida. Cuando éramos pequeños y nuestra madre estaba mal porque no tomaba sus pastillas, Ava me llevaba a dar un paseo. Caminábamos hasta el final de la calle y entonces ella me decía: «Iremos hasta el final de la calle, y después hasta el final de la siguiente...». Era como si buscara algo. Hizo lo mismo la noche de mi boda. Según un amigo de Alessia, no regresó hasta el amanecer.

Todas las piezas del puzle encajaron de repente.

–*Grazie*. Ya sé dónde encontrarla.

« Me quedé allí todo el día... Esperando que me llamaras».

Echó a correr. La vida le iba en ello.

El bar del Excelsior estaba oscuro, alumbrado por lámparas discretas, pero Gianluca la vio nada más entrar. Parecía estar en su mundo.

–Ava.

Ella se volvió lentamente. Tenía la cara pálida, manchada por las lágrimas.

–No soy tu Ava. Y nunca lo he sido.

Le tiró algo. Gianluca sintió el golpe en el pecho y logró interceptar el objeto. Era el anillo. Fue hacia ella y se quedó allí de pie, sin saber qué decir. Ella levantó la mirada. Estaba furiosa.

–Vete. No te quiero.

–¿Entonces por qué estás aquí?

–Estoy esperando a alguien. Si es el hombre que pienso que es, vendrá, y si no lo hace, entonces estoy mejor sin él.

–Estoy aquí.

Ella lo miró con incertidumbre.

–Quiero que me perdones, Ava. Debería haber movido cielo y tierra para encontrarte.

Gianluca se preparó para lo peor, pero el rostro de Ava se iluminó de repente.

–No debería haber huido así –extendió las manos sobre su regazo–. Esta noche me has encontrado.

Una ola de alivio recorrió a Gianluca por dentro.

–Y fue solo una noche –añadió ella.

–Era nuestra noche. Nuestra noche perfecta.

Ella levantó la vista. Había algo suave en su mirada.

–Fue perfecta.

Gianluca se guardó el anillo y le tendió una mano.

–Ven conmigo.

Ella bajó del taburete lentamente. Lo agarró de la mano.

El Excelsior tenía una torre construida en el s. XVI y por sus escaleras de caracol pasaban millones de turistas cada año. A esa hora la zona estaba acordonada, pero Gianluca logró que le dejaran entrar gracias a un pequeño soborno.

–Esto es una locura –dijo Ava.

El roce del tul del vestido producía un murmullo constante mientras subían.

Las vistas eran sobrecogedoras, incluso en una noche de lluvia.

–Ava mía –Gianluca la atrajo hacia sí–. Al este está la residencia de verano de los Benedetti. Es una casa vieja, y los desagües no están muy bien, pero voy todos los veranos. Solía odiar el lugar. Odiaba lo que representaba, siglos y siglos de opresión. Cuando era joven juré que no me casaría, que no tendría niños, que no continuaría con el legado de la familia.

Le acarició la mejilla.

–Pero entonces te conocí a ti.

Ava lo miró fijamente.

–¿Ves esa colina que está al oeste? Las primeras tribus que habitaron la ciudad de Roma vivían allí. Quiero hacer una casa allí para nosotros, algo que sea nuestro y de nuestros hijos.

–Pero tú no quieres tener niños.

–Los quiero tener contigo.

Ava dejó escapar el aliento. Gianluca se arrodilló ante ella.

–Mi amor, ¿querrás pasar el resto de tu vida conmigo?

Antes de que pudiera impedírselo se arrodilló a su lado. Lo agarró de los hombros.

–Oh, sí.

Él le sujetó las mejillas y la besó en la sien, en los párpados, en la nariz, en los labios... Cuánto amaba ese rostro...

–Te quiero –susurró–. Te quise desde el momento en que te vi en esa catedral, con ese vestido azul y las flores en el pelo. Y cuando te vi en el viejo salón de baile del palacio, y vi que me observabas... Pensé... «Es ella».

–¿Sí?

–Y te seguí.

Ella sacudió la cabeza.

–Me hiciste bailar contigo y yo no sabía bailar.

–No me acuerdo de eso. Recuerdo que no hacía más que atraerte hacia mí y tú querías poner distancia.

–No te conocía.

–Pero sabías lo suficiente.

Él se rio y la besó, lenta y dulcemente.

–Supe que eras tú cuando te vi ese día en la calle –murmuró sobre sus labios–. Pero no sabía que lo sabía.

–Vine a Roma a buscarte, aunque en aquel momento no lo sabía –le confesó ella.

Unos minutos más tarde Gianluca recordó aquello que le quemaba el bolsillo de la camisa. Sacó la piedra que guardaba y se la puso sobre la palma de la mano.

Fuego verde, como sus ojos...

–Voy a hacer que la pongan en un anillo, para ti, Ava mía. Será tuyo, nuestro.

Ella lo miró a los ojos. Su corazón resplandecía en ellos.

Cuando salieron a la calle había dejado de llover, pero las calles estaban encharcadas y todo parecía tener un olor intenso tras la llovizna.

–¿Adónde vamos, Benedetti?

–Pensé que podríamos dar un paseo, buscar una iglesia y casarnos.

–¿Podemos hacerlo?

El grito de Ava asustó a las palomas que anidaban en las ventanas.

–Bueno, hay pregones que leer, y también está el asunto de tu ciudadanía... Además, imagino que el sacerdote estará en la cama a esta hora... –Gianluca la estrechó entre sus brazos–. Pero esto es Roma. Claro.

–Sí –dijo Ava, apoyando la cabeza sobre su corazón–. Todo es posible.